「ほわ〜。ひっろい部屋！」
「これは……すごいですね」
従業員が去った後、部屋の確認のため
に一番手前の部屋の中へと入っていったのだ
が、中の光景を見て浅田と宮野が感嘆の
声を漏らした。しかし、その気持ちもわ
かる。何せ部屋のランクは通常のスタン
ダードではなく、スイートなのだから。

海。海。海！
いえーーーい！

「……お前ら、四人全員でかかってこい」
「いっよーし！　あんたにあたしらの一年の成果を見せてやるんだから！」
「伊上さんに勝つために全力で取り組むわよ」

最低ランクの冒険者、勇者少女を育てる 5

～俺って数合わせのおっさんじゃなかったか？～

農民ヤズー

HJ文庫
1135

口絵・本文イラスト　桑島黎音

LOWEST RANKED
ADVENTURER

プロローグ　一年が経って

こいつらも、随分と強くなったもんだ。まあ、考えてみれば当たり前か。何せもうこいつらと出会ってから一年が経ったんだ。それだけあればこの歳の子供なんてすぐに成長するってもんだろう。

こいつらなら、このまま数年もすれば正真正銘の『勇者』になることだってできるはずだ。弱きを助け強きを挫く、そんな正義の味方に。

だが、そこに俺がいるかどうかは分からない。いや、俺の能力が三級だってことを考えると、これ以上宮野達と一緒に行動し続けるのは厳しいものがある。そんなことはとっくに分かりきっているんだ。だからこそ、今こうして俺は宮野達と戦っているんだから。

この戦いに意味なんてない。こいつらの成長を確認するという名目で始めた戦いではあるが、こいつらの成長なんて俺自身良く知っている。だから今更こいつらの成長を確認する必要なんてない。戦ったところで報酬なんてないし、宮野達が得るものも何もない。あるとしたら、俺の自己満足くらいなものだろう。

なんでこんなことになっているのか。そんなの、俺だって分からない。俺も了承した戦いではあるが、俺自身こんな状況になっても未だに心の整理がついていないのだ。

ただ、整理できていないながらも、今俺の抱いている不安や迷いの答えを得る機会が目の前にあったような気がした。だから多少強引であっても話を進めて戦うことにしただけだった。

俺は成長したんだろうか？　俺は、ただそれが知りたかった。

こいつらは強くなった。なら俺は？

俺はこれから先の成長に期待なんてできないだろうが、それでも宮野達はどんどん成長していく。これ以上の成長が期待できない俺では、こいつらについていくことができなくなるんじゃないだろうか？

もしかしたら俺がこいつらの成長に追いつけなかったことで足枷となり、その結果こいつらを危険に晒すことだって出てくるんじゃないだろうか？

俺という足枷がいることで、宮野達は俺に気を遣って成長のための歩みを止めてしまうことだってあるんじゃないだろうか？

そんなことはあってはならない。そんなふざけたことにならないようにするためにも、俺はこいつらと……『勇者』と共にいるに相応しいだけの力を保っていなくてはならないのだが……果たして本当に俺にそんな力があるだろうか？

……分からない。ただ、そんな迷いを抱いている奴が一緒にいたところで、こいつらの成長のためにはならないことだけは分かる。

宮野達は俺が迷っていたとしても、不安を抱えていたとしても、それでも構わないと一緒に行動する事を望むかもしれないが、それでは俺が我慢ならない。

俺は成長することができたのか。

こいつらと一緒にいるのに相応しいだけの力があるのか。

今後もこいつらを教えていくことができるだけの能力があるのか。

こいつらと戦えば、そういった不安や悩みに答えを出せるような気がする。

そうしてこいつらとの戦いを経て、今後もこいつらと一緒に行動するのか否かの答えを。

堂々と口にすることはないけど、最初は嫌々始まったこいつらとのチームだが、今ではそれなりに愛着もあって離れがたく思っているんだ。

でも、そんなチームで胸を張っているためにも、俺はここで俺の価値を証明しなくてはならない。他ならぬ俺が俺自信を認めるために。

相手は勇者一行。三級の俺が勝てるとは思わないが――だからどうした。

勝てないのは承知の上だ。そんな容易く勝てるように育ててきたつもりはないし、そもそものスペックが違うんだ。簡単に勝てるようなら、国だってランク分けなんてしちゃいない。

　だがそれでも、俺は勝たなくちゃいけない。勝って、堂々と胸を張っていたいんだ。俺はこいつらの教導官なんだ、って。

　だから今回ばかりは、俺が勝たせてもらうぞ。

「――というわけで、もうちょっとで夏休みなんだけど、どこいく？」

　今日も宮野達の教導官として学校にやってきているわけだが、いつも通り食堂の端で集まって話し合いをしていると、突然浅田がそんなことを言い出した。

「……何がどういうわけなのか分からないんだが？」

「えっと、私達がダンジョンに潜るようになってから大体一年が経ったじゃないですか。それに、私達と伊上さんが出会ってからもそれくらいですし、せっかくなのでお祝いでもしようか、という話になりまして」

　なるほどな。宮野の説明でなんとなく理解することができたが、要はこういうことだろう。

「あー。どっかに遊びにでも行こうって？」

「はい。どうでしょう？」

どっかに遊びに、ねえ……。まあこいつらも忙しかったしな。色々と大変な目に遭ってるのに、ろくに休む暇もないんだからたまの遊びくらいは十分にアリだろ。

「別にいいんじゃねえの。これまでのお前らの頑張りを考えれば、どっかに遊びにいくらい誰もなんも言わねえし問題ねえだろ」

「まあそうよね。だってあたしらめっちゃ頑張ったし、それくらい遊ばないと！」

俺の答えを聞いて浅田は楽しげに笑ったが、こうして見てると冒険者だなんだってのは関係なく、普通の女の子ってやつに見えるな。見えるってか、まんまその通りだけどな。

しかしまあ、聞いていてそうなんだろうな、とは思ったんだが、一つ聞いておこう。

「っつーかそれ、俺も参加すんのか？」

なんか話しざまからすると、俺が一緒に遊びとやらに行くことは確定している雰囲気だったんだが……こいつら正気か？　違っていて欲しいと思いつつ、そうなんだろうなと確信している自分がいるし、なんだか今更感があるような気もするが、それでも聞かないわけにはいかない。

「は？　いや、あんたがいなきゃ一周年のお祝いにならないじゃない」

「伊上さんが加入して一年が経った事を祝うわけですからね」

だが、やはりというべきか。俺の考えていた通りどうやらこいつらの中では俺も一緒に旅行する事になっていたようだ。

「俺にまた女子高生の中に入って一緒に騒げって？」

「もう今更っしょ。あたしの部屋にも入って……その、入ったんだし、どっかであたし達と一緒にお祝いしようと大して変わんないじゃん」

「途中で躊躇うくらいなら初めから部屋に入れんなよ」

部屋に入ったのは確かだが、それは必要があるから入ったってだけのことだ。そのことをスムーズに言えないで恥ずかしがるくらいだったら、初めから俺を部屋の中になんて入れなければよかっただろうに。

「うっさい！」

「伊上さん、流石に今のは……」

「あー、はいはい。まあ好きにしろ」

困ったような表情を浮かべながら苦言を呈してきた宮野の言葉を聞き、これ以上俺は余計なことを言わない方がいいな、と話に参加することをやめた。どうせ俺が抵抗したところで無駄に理屈をこねて強制的に参加させられるんだ。だったら、決まった後でそれに備えたほうが利口だろ。

「にしても、一年か……随分と早いもんだな」

「ですね。それだけ色々なことがあったということなんだと思いますけど……」

「この一年で四回も死にかけた。……季節の行事？」

「季節ごとにイレギュラーに襲われんの？　嫌な行事すぎるんだけど」

「でも、頻度で言ったらそれくらい襲われてるから、あながち間違いとも言い切れないかも……？」

まあ、確かに一年の間にイレギュラーな事態に四回も遭遇してるんだから、季節の行事と言ってもおかしくないかもしれない。まあ、三回目と四回目に関してはほぼ同時期だったから季節の行事ってほどバラけてるわけじゃないが、そこはどうでもいいか。大事なのは無駄に危険に遭遇した回数が多いってことだ。ほんと、なんだってこんなにおかしな出来事に遭遇してるんだろうな？

「あー、やめやめ！　そんな死にかけたとか暗い話じゃなくってさ、もっとなんかいい感じの話をしようよ！」

それもそうだな。もう終わったことであるのは間違いないんだし、ここで改めて話すことでもないだろ。

「ん？」

「どうかしましたか？」

「ああいや、なんでもない。ただメールが来ただけだ」

話している最中ではあったが、着信音が鳴ったので誰からだろうかと思って画面を見ると、差出人はヤスからだった。なんの用だろうか？

あーっと、用件は……モンスターの討伐依頼？

「んでさぁ～、旅行先だけど、もう夏になるわけじゃん？」

「夏自体はもうなってる」

「それはそうだけど……じゃあ夏休みになるじゃん？　で、夏休みっていったらやっぱり海か山でしょ、って思うんだけど、どう？」

「そうねぇ……どっちもいいとは思うけど、個人的には海の方がいいかしら。山はダンジョンで似た様なことが体験できるもの」

「あー、そっか。まあダンジョンの中の野営と山でのキャンプを比べていいのかー、って感じはするけど……似た様なもんか」

「じゃあ、海があるところ？」

「で、いいんじゃないかなー、って思ってんだけど、どう？」

「私は構わない」

「あ、うん。私も、それで平気だよ」

「……コースケはどうする？」

「……ん？　ああ、俺がどうした？」

四人の会話を聞き流しながら送られてきたメールと、それに添付されていた資料を見ていたのだが、俺が会話に参加しなかったからか安倍が顔を覗き込むようにしながら問いかけてきた。

「あんた、話聞いてなかったの？」

「ああ、まったく聞いてなかった。で、なんだって？」

会話の場にいながら会話にまったく参加してなかったというのは失礼ではあるが、誤魔化したところでいいことなんてない。こういう時は素直に聞き直すべきだろう。

「ったく……さっきの旅行の話。みんなで一緒に海に行かないか、ってなったんだけど、あんたはどう思う」

「海？　まあいいんじゃないか。……あ、いや、そうだな……。なあ、その場合は行く場所はこっちで指定してもいいか？」

海か。別にこいつらと海に行って遊びたいというわけでもないが、ちょうどいいと言えばちょうどいいタイミングではある。

海に行きたいというのであれば、たった今送られてきたヤスからのメールが関係してくるし、役に立つと言えるだろう。

「うっそ、いっがーい」

「自分から誘(さそ)っておいてなんだその反応。やっぱり俺は行かないほうがいいってか？」

「あ、ううん。そうじゃないんだけどさ、あんたってば普段(ふだん)はそんなにあたしらが誘っても乗り気にならないでしょ？　なのに今回は自分から場所の指定をしようとするなんて、珍(めずら)しいってか、おかしくない？」

流石におかしいとは思うか。まあ、浅田が言ったように、俺は普段は進んでこいつらと遊ぼうとしたりはしないからな。今回に限ってやる気を見せてるってのは、おかしいと感じて当たり前だ。

「まあ、そうだな。普段だったらこんなこと言わねえだろうな。ただ、今回はちょっとばかし事情がある」

「事情、ですか？」

「ちょっと待ってろ」

そう言いながら手元にあるスマホを操作し、ヤスから送られてきたメールをそのまま宮野達へと送った。

「今お前達にメール送ったが、まずはそれを読め」

俺の言葉を聞いた宮野達四人は、それぞれ自身のスマホを取り出してそこに届いたメールの内容を読んでいった。

「何これ。えっと……冒険依頼？　……ほんと何これ？」

だが、メールを読み始めてから数分と経たないうちに、浅田は手元からこちらへと視線を戻して問いかけてきた。

「ヤスからお前ら宛に届いたダンジョン攻略依頼だ。攻略っていっても、ゲートを壊すまでやるんじゃなく、期間限定の処理役ってところだな。詳しくは今送ったやつに書いてあるがざっと説明すると、とあるビーチの近くに存在してるゲートからモンスターが溢れ出してるから、それを処理してくれって仕事だ」

宮野達はすでにヤスの会社と契約しており、その契約の中にはあちらから仕事を頼まれることもあるという内容になっている。今回のメールはその仕事についてだった。

契約そのものは宮野達に優位なものとなっており、仕事は強制ではないので受けなくても構わない事にはなっている。これを受けるかどうか判断するのは宮野達自身の考えによるのだ。

「質問。溢れ出したってことは放置してた？　ゲートは壊さないの？」

まあ、真っ当な疑問だな。普通はゲートが発生したら被害が出る前にそれを処理するのだし、そのために冒険者なんてものがいるんだから。

だが、それも場所による。

「このゲート、海中のそれなりに深いところにあるらしくてな。モンスターの存在を感知した時にはすでに発見が遅れてすでにゲートの外にモンスターが溢れてきてる状態だった。で、壊さないのかどうかって話は、壊せるんだったら壊したいだろうが、できないんだよ。お前ら、水ん中で普段通り戦えるか？」

「無理」

安倍は考える間もなく即座に答えたが、そう。海の中に存在しているゲートは対処が難しい。

いくらゲートの向こうとこちらでは環境が違うとはいえ、水中には水中環境のダンジョンしか現れない。もし水中に陸上環境のダンジョンが出れば、ゲートを通して外の水がダンジョン内に流れ込んでしまい、中にいるモンスター達は溺れる事になる。それを考慮しているのかなんなのか、水中には水中環境のダンジョンしか出現しない。つまり、中も外

も水中環境である事に変わりはないのだ。

水の中では剣をまともに振ることも難しいし、呼吸の関係もある。足がつかないから踏ん張ることもできないし、地面を蹴ることができなければスピードを出すこともできない。

「だろうな。この依頼で出てくるモンスターは一級だが、絶対に特級が出て来ないって保証もない。それは分かってんだろ？」

しかも、苦労して水中で戦えるようになったとしても、イレギュラーが出現したら台無しになるのだ。陸上であればどうにかして生き延びることもできるかもしれないが、慣れていない水中ではそれも難しい。

故に、水中に存在しているゲートは放置されることが多いのが実情である。

同じ理由で空中に存在しているものも厄介ではあるのだが、こちらは放置すれば陸上にも被害が出てくるので、水中とは違って迅速に処理される。ニーナも空が飛べるし、そういった空中のゲートを破壊しにいくことはあるようだ。

もっとも、ニーナの場合はゲートを潜って全力で炎を撒き散らして終わりになることが大半のようだから、場所がどこでも大した苦労はないみたいだが。

「そうですね。もう、嫌というほどに」

「まあ、今まで何回もそういうのに遭遇してるわけだしね」

「理解している様で何よりだ。っと、まあそんなわけでろくに動けない水中で特級に遭遇したらまずいことになる。相手が一級だろうと、水中って事を考えれば実際の脅威度でいえば特級と同じだ。だから誰も行きたがらないんだよ」

水中戦に特化した者達だったらどうにかなるのかもしれないが、そんな〝普通〟から外れた者が何人もいるわけがない。

「あの、潜水艦とか戦艦とか、そういうものは使えないんでしょうか?」

潜水艦か。確かに北原の言ったようにそういった兵器が使えるんだったら、モンスターを倒しきれないとしても幾分かマシだが、残念ながらそれはできない。

「無理だな。ゲートを攻撃することも、モンスターを攻撃することもできるが、結局はゲートの中に入って核を破壊しない限りはどうしようもない。だが、ゲートの中には潜水艦は持ち込めない。純粋にゲートの大きさ的に入らないからな。ゲートの前まで送ってもらったとしてもそれ以降は自力で泳がないとならない。だから結局は水中で戦うことになる」

ゲートの大きさはマチマチだが、大きくても三メートル程度のもの。そうなると碌な兵器を持ち込むことはできないし、水中なので材料を持ち込んでダンジョン内で組み立てることもできない。結局は冒険者自身が攻略するしかないのだ。

「それじゃあやる人がいないのも無理ないですね」

「ああ。かといってモンスターを全て放置しておくわけにもいかない。海運や漁業なんかにも被害が出るからな。この依頼の相手なんてビーチを運営してるんだから、より一層気をつけないとだな。一人でも死傷者が出ればそれで破滅だ。だから、被害が出ないように定期的にモンスターの処理をするしかないんだ。せめてもの救いは、このゲートから溢れたモンスター達はゲートから一定距離を離れないってことくらいだが、襲われてる当事者達にとっては関係ないことだな」

何せ実際に襲われているのだ。遠くに離れないとかどうでもいいに決まってる。

国際的な海運の航路だとか、漁業の盛んな領域に関しては水中の専門家がゲートを処理しているが、そういった生活に実害の出ない場所には来てくれないので自力でどうにかするしかないのが現状だ。ニーナがいるとはいえ、炎を扱うあいつは水中と相性が悪いし、もっと重要なところを任されるためにこうした小さなところには訪れない。

「それを退治してほしいということですか」

宮野は神妙な顔でそう言ったが、それは少し違う。

「退治というか、どっちかっていうと護衛だけどな」

「どゆこと？」

「全部聞かないでメール読めよ。依頼書なんて今後お前達自身で読んでいかなきゃならないもんだぞ。卒業後にはチーム組んで活動するんだろ？」

今は俺が説明してるからいいけど、俺はこいつらが卒業すればチームから外れるのだ。その時に自分達だけで契約書や依頼書を読むことができなければ、後で大変な事になる可能性がある。読むのが面倒なのは分かるが、自分で読めるようにならないとだぞ。

「そーだけどさー。まだ高校生だからセーフってことにしておいてよ」

「ったく……まあ後で読むだけ読んでおけ。で、護衛っつった理由だが、さっきも言ったようにゲートを破壊して大本を断ってことはできないからだ。近寄ってきたやつだけを処理する守るための戦いがメインになる。だから護衛だ」

ゲートそのものをどうにかするわけではなく、襲いかかってきた奴だけを退治するだけの依頼。こういったものは珍しいと言えば珍しいが、ないわけではない。

もっとも、護衛なんて普通は宮野達みたいな一回限りではなく、専属として雇うものだから普通はそうそう出会えるものでもないが。

「でも、そんな場所で何かしてるんでしたら、それこそ契約してる護衛がいるんじゃないですか？」

「ん、気づいたか。確かに、普通はそうだな。だが、このゲートは外に溢れてくるモンスターが増える繁殖期の様なものが決まってるみたいでな。その繁殖期には普段の護衛以外に助っ人が欲しいらしい。元々は昨年までこの時期に頼んでいたチームがあったらしいが、引退とかで無くなったもんだからその穴埋めを求めた感じだな。その話がヤスんところに来て、俺まで、というかお前達まで回ってきたんだよ」

「なるほど……」

宮野達は話を聞いて頷いているが、気づいていないようで良かった。

正確には引退と死亡によってチームが無くなったわけだが、あえて脅かすようなことを言う必要もないだろう。

冒険者として続ける危険性について教える、という意味では知っておいた方がいいのかもしれないが、そんな危険性なんてこれまで散々教えてきた。今更言わなくてもいいだろう。

これがこの依頼中に死んだって言うんだったら伝えるが、まったく関係ないところでの死亡だからな。今回の依頼に関わっていないんだったら余分な情報は必要ない。

「で、どうする？　その依頼書を読めば分かるが、護衛をしてもらっている間の飲食は自由で、仕事さえこなせば遊んでいても構わない。当然宿泊費も向こうもちだ。一応契約期間は一週間になってるが、それはあくまでも余裕を持った日程で、過去の流れからすると実際にモンスターと戦う期間は三日程度で終わるだろうとのことだ」

「え、まじ？　めっちゃ条件いいじゃん！」

浅田め……こいつ、さてはまともに読んでないな？　まあ、俺に聞いてきた時点で分かっちゃいたけど、せめて依頼の内容くらい読んでおけよ。

「これ、こんなに条件が良いのって、大丈夫なんでしょうか？　何か裏があったりは……」

北原はあまりにも条件が良すぎるからか、騙されたりしているのではないかと疑っているようだが、それは冒険者として、というか社会人として正しい感覚だ。美味い話には裏があるものだが、今回は違う。何せヤスが持ってきた依頼だからな。

「舞い込んだ依頼を怪しむのは良いことだな。どこかの脳筋と違って」

「誰が脳筋だってのよ」

お前だよ。頭が悪いってわけでもないし、依頼書を読んで理解する脳があるのにそれを拒否って聞いてくるあたり、脳筋だろ。めんどくさいだけかもしれないが、こいつにはめんどくさがりってより、やっぱり脳筋って言った方が合ってる気がする。

「まあ今回に限っては問題ないはずだ。ヤスがそんな裏がある仕事を送ってくるわけないからな」

これからも宮野という『勇者』と仲良くしようと考えるのであれば、こんなところで罠に嵌めたりはしない。そうでなくとも、ヤスは俺の友人であり、その人となりは知っているので、罠に嵌めようとするような人間でないことは保証できる。

「なら、これを受けようかしら？　これなら夏休みの宿題のダンジョン攻略レポートとしても使えるし、待遇もいいみたいだもの」

依頼書を読み終わったようで、宮野は顔を上げて好意的な様子で答えた。まあ、こいつらの望むように海に行けて、料金は全部向こう持ちで、夏休みの宿題をこなすこともできるとなれば、こいつらにとってはかなり良い依頼と言えるだろうな。

「ちょうど一周年のお祝いもできるしねー」

「依頼の最中にお祝いをするのもどうかと思うけれど……」

「仕事さえこなせば何しても構わないって言ってるっぽいし、平気でしょ」

「なら受ける？」

「う、うん。いいんじゃないかな？」

宮野の言葉を皮切りに全員が賛成する様子を見せたが、こいつら本当によく考えて答えているのだろうか？

確かに依頼の待遇や報酬は良いが、その内容を理解しているようには思えない。

「……本当にいいのか？」

「え？　えっと、何かダメなところがあったでしょうか？」

　俺が問いかけてもなぜ俺が問いかけたのか分かっていないようで宮野も、それ以外も、首を傾げている。

「いや、ダメというか、お前自分がなんの魔法を使うか分かってるのか？」

「雷ですけど……」

「じゃあ安倍は？」

「炎」

「なら、今回戦う場所は？」

「海……あ。水ですか」

　そこでようやく依頼の内容——というか環境に気がついたようだ。

「あー、ね。でも、水中の相手に雷とかめちゃくちゃ効果ありそうじゃない？」

「あるだろうな。ただし、海なんて場所で雷を使えば他の人間まで巻き込むことになるかもしれないけどな」

　モンスターを倒せという依頼ではあるが、自分達だけではなく他の冒険者も共に戦う以上、巻き込むような攻撃は使えない。今回の依頼の作戦では海の中に潜る必要はないみたいだが、全く水に触れなくていいというわけでもない。海岸で対処するのだから当たり前ではあるが、どうしたって足は水に浸かる事になる。

「あ……そういえば、他の人達と一緒に護衛をするんでしたね」

「じゃあ、どうやって守るわけ？　魔法を使えないってなったら海の中なんてどうしようもないじゃん」

「だから読めって言ってんだろ。概要としては、海岸まで誘き寄せて処理するらしいぞ。まあ、詳しい話は依頼を受けてから直接聞く事になるだろうけど、最終的には向こうの判断によるだろうな。影響が出ようともモンスターを処理することを優先して考えた結果、雷で処理してくれって言われるかもしれないし、逆に雷は絶対に使うなって言われるかもしれない。その辺は向こうの考え次第だから、どうなるかは直接聞かない限り分からん」

「そういうこともあるんですね……」

　普通のダンジョンであればそんなことを気にしなくても良いんだが、今回はあくまでもこの地球上で行われる戦いで、なおかつ他の者と協力して戦うのだ。気をつけなければならないこととなんていくらでもある。

「まあ、そういう依頼書には書かれてない注意点なんかは存在してるから、お前達が実際に自分で依頼を受けるときは、そういったことも考えておけよ」

「はい。気をつけます」

「とはいえ、お前達なら先に依頼書をちゃんと読んで話し合いの場でも作ってれば気づけただろ。――で、だ。受ける方向で答えてもいいのか？」

改めて問いかけると、宮野達は顔を見合わせて少し話し合い、最終的に頷き会ってから俺へと視線を戻してきた。

「はい。お願いします」

そうして俺達は依頼を受けることを決めたのだった。

一章　夏休みの冒険依頼

「あ、あの……本当に、ここに泊まるんでしょうか……」

「結構豪華」

夏休みに入り一週間が経過した日、俺達は依頼を出された海までやってきていた。

電車を乗り継いで揺られることしばらく、たどり着いた場所はなかなかに景色のいい、海が綺麗な場所だった。そんな海を眺めながらタクシーに運ばれて移動したのだが、辿り着いた先で北原と安倍が微妙な声を漏らした。

目の前には俺達がこれから泊まるホテルがある。ホテルの外装はかなり豪華なもので、普段の俺だったらまず間違いなく金を出し渋って泊まらないだろうなというような場所。おそらくは中もそれなりの造りをしてるだろうし、サービスも充実しているだろう。

そんな場所に泊まれるのだから喜んでもおかしくないはずなのだが、北原と安倍の反応が微妙なのも理解できる。

別に、何か問題があるわけではない。ではなぜあんな反応をしたのかと言ったら、豪華すぎるのだ。簡単に言ってしまえば、尻込みしてしまっているというわけだな。もっとも、尻込みをしているのは北原だけで、安倍は好意的な反応を見せている。あとの二人も驚いているようではあるが、それだけだ。

「まあ、これだけの海だからな。客もそれなりにいるだろうし、儲けも出てんだろ」

依頼を受けるにあたって前評判とかを調べてきたが、この海はなかなか人気のある場所のようだった。もし俺が調べた評判通りに人が来るんであれば、それなりの儲けが出ていることだろうし、これだけのホテルが建っているのも納得できることだ。

「でも、普通ここまで立派なところに泊めてくれるもんなの？　仕事以外でも使いたい放題なんでしょ？」

浅田が言いたいことも理解できる。たかが依頼のためだけにこんな豪華なホテルを好きに使わせてくれるというのは、普通の依頼ではそうそうない。

「それだけ重要なことだってことだろ。万が一にでも失敗してもらっては困るし、雇った冒険者に臍を曲げられても困る。だったら気持ちよく仕事をしてもらえるようにできる限りのおもてなしを、とでも考えたんじゃないか？」

依頼を受けた冒険者を怒らせて依頼が失敗すれば、客が離れていくことになる。それはこのホテルや、同じく客を相手にしている周辺の店なども困る事になるので、下手に手を抜くことはできないだろう。

「でも、こう言ってはなんですけど、正直なところこれほど立派なところを使えるとは思いませんでした。伊上さんがいるとはいえ、私達はまだ学生……素人ですし」

確かに、いくら『勇者』っていっても宮野達はまだ学生だ。学生がこんな立派なホテルに泊まって仕事をするだなんて、普通は考えられないだろうな。だが今回は、宮野が依頼を受けはしたが、どちらかというと宮野達は依頼を受けた者としてではなく、依頼の実行役として来た、というべき立場だ。

「まあ、お前達が受けたっていっても、元はヤスの所に来た依頼だからな。あいつんところはそれなりにでかい会社だし、そこに依頼を出すんだったら下手な対応はしてこないだろ」

ヤス自身は会社内であまり力を持っていないとしても、会社そのものは力を持っている。外から見た限りでは内輪の権力争いなんて見えないし、会社の名前だけを見て判断しているることだろう。

「コネは大事ってこと?」

「コネって……晴華ちゃん、もうちょっと言い方を変えようよ……」

「まあ、間違いってわけでもないな。そういった人の繋がりってのも立派な武器で、疎かにしていいもんでもないのは確かだ」

　勇者だ冒険者だっていっても、結局は人の世を生きるのだから人の繋がりというのはどうしたって考えなくてはならない。宮野は『勇者』であり、将来的には地球を代表する存在の一人となるだろう。だがそんな人物になったとしても、人の繋がりによって足を引っ張られることがあるし、逆に繋がりによって助かることも出てくる。それを考えると、人の繋がり――コネというのは大切にしなくてはならない。

「それはそれとして、お前達依頼書は読んだみたいだが、依頼を受けたんだったら相手のことについて確認くらいしておけよ。今だったら相手の住所さえ分かれば衛生写真とかで確認できんだろ」

　今の時代であれば、相手の住所がわかればどんな場所か、なんてのは簡単に分かる。今回みたいなそれなりに大きなホテルであれば、その内装だって分かるだろう。あらかじめ調べておけば、豪華だなんだって呆けることもなかったはずだ。

「あ。それもそうですね。そのあたりのことも気をつけないと……」

「まあ、少しずつでいいんだ。ちゃんと学んでけ」

　こうしてまだ細かいところでは足りないところはある。だが、あと数年もすればそんな足りない部分も減っていき、『勇者』の名に違わない人物になるはずだ。それを思うと、今の少し足りない状態ってのは貴重な光景なのかもしれないな。

「とりあえず、中に入るぞ」

「あ、はい！」

いつまでもホテルの前で話していては迷惑だろうし、落ち着いて話をすることもできないのでひとまずはチェックインを済ませてしまおうと、宮野達を引き連れてホテルの中へと入っていった。

「当ホテルへようこそお越しくださいました。本日はご予約されていらっしゃいますか？」

「初めまして、この度モンスターの駆除依頼を受けてまいりました、冒険者の宮野と申します」

大人である俺ではなく、少女である宮野が名乗ったことで従業員はわずかに驚いたような反応を見せたが、それも一瞬だけのことですぐに平静を装い対応を返してきた。

「承知いたしました、宮野様。お話は伺っております。後ほど担当の者から詳しい依頼のお話をさせていただきますが、まずはお泊まりいただくお部屋へとご案内させていただきます」

名乗っただけでは信じてもらえず、冒険者証を提出する必要があるかもと思ったがそんなこともなく、特に何かを聞いてくるでもなく従業員の案内を受けて俺達はホテルの中を進んでいくこととなった。

「こちらのお部屋と、左右の二部屋をお使いください」

「ありがとうございます」

「では、後ほど担当の者から話がございますが、他にも依頼をお受けくださった方が到着し次第となりますので、それまでお寛ぎください」

「ほわ～。ひっろい部屋！」

「これは……すごいですね」

従業員が去った後、部屋の確認のために一番手前の部屋の中へと入っていったのだが、中の光景を見て浅田と宮野が感嘆の声を漏らした。しかし、その気持ちもわかる。何せ部屋のランクは通常のスタンダードではなく、スイートなのだから。

部屋の内装はビジネスホテルなんかとは全く違っていて、ベッドルームの他にリビングやダイニングまでついている。

ついている窓も大きくとられており、海側に面していることもあって部屋から海を一望することができた。

使っている家具自体も、よくわからないがなんか高級そうな雰囲気を醸し出している気がする。ソファ一つとっても、俺の家にあるものとは段違いだ。

天井についている灯りだって小洒落た模様が浮かび上がるようになっているし、カーペットも踏んだその感触だけで高級なのだと理解できる。

そんな全部がお高い部屋にいて、ここに泊まることになるのだ。一般家庭で育った宮野達はこんな部屋に泊まる機会なんてなかったことだろう。

おそらく初めてと思われるスイートルームに、少しはしゃいだ様子の四人だが、そんな宮野達を尻目にひとまず自分の荷物を部屋の隅にでも置いて一息つくことにした。

だが、そうして荷物を置いたところで宮野が声をかけてきた。

「あの、部屋割りってどうしますか？」

「ん？　ああ、好きにしろ。お前達は自由に決めて使ってくれ。俺はあっち使うから」

というか、言わなくても分かるだろ。流石に俺がこいつらと同じ部屋で寝るわけにはいかない。何せこいつらは年頃の女子高生だぞ。今更な気もするけどさ。

「はい。わかりまし――」

「えー。こっちは二人ずつなのに、あんたは一人で一部屋使うわけ？」

だが、頷いて了承を返そうとした宮野の言葉を遮り、浅田が不満を口にした。

「流石に俺とお前達が同じ部屋ってのは問題だろ」

「ダンジョンでは一緒に寝てる」

浅田に続き安倍も加わって不満を言ってきたが、それとこれとは別だろ。

「そりゃあ場所が場所だからな。それに、一緒にっていっても同じ空間でってだけだろ」

ダンジョンには泊まりがけで入ることもあるし、実際こいつらともあった。だが、泊まりといってもキャンプのようなものだし、あれは〝一緒に寝た〟の内には入らないだろ。

「でもずるい」

「まあそうよねー。こんな良い部屋を一人で使うって、ちょっとずるくない？」

そう言われるとそうなんだが、それは納得してもらうほかない。

「で、でも、私は誰かと同じ部屋でよかったかな。広い部屋に一人だと、なんだか逆に寂しい感じがするし……」

この状況をどうにか収めるために北原が浅田と安倍を説得し始めたが、どうにか頑張ってほしい。

「そうね。それに、仕事で来てるんだから部屋で文句は言えないわ。そもそも、ここだって良い部屋だし、ツインの部屋に泊まるのに二人でっていうのは普通のことだもの」

「いやそれは分かってんだけどさぁ……」

というか、だ。浅田はいまだに抵抗しているが、じゃあどうするっていうんだ？　俺が一人で使うのが嫌だってんなら、誰かと一緒に寝れば良いのか？

「なんだ。じゃあ俺はお前とでも一緒に寝ればいいってのか？」

「あんたと一緒にって……」

冗談のつもりで言ったのだが、浅田は半ば本気にしかけているようで、恥ずかしがっているものの、まんざらでもないような様子を見せた。

いや、断れよ。……と思ったが、こいつが俺に向けている感情を思えば当然といえば当然だったか。

言わなければ良いだけの話ではあるが、どうにもな……。変に意識しないように普通に接しようと考えているのだが、それだけにこうした冗談を無意識で言ってしまう。かといって気をつけようと意識すると今度はおかしな態度になってしまうかもしれない。なんともやりづらいことこの上ないな。

「仕方ない。私が一緒に寝る」

と、そこで、浅田がはっきり了承も拒絶もしなかったことで、安倍が名乗り出た。

「駄目っ！」

だが、そんな安倍の名乗りを聞いた瞬間、ほぼ反射とも呼べる速さで浅田が声を荒らげた。

俺としても承諾するつもりはなかったし、断ってくれて良かったんだが……そうあから

さまに反応されると、見てるこっちとしてはなんとも言えない感じになるから普通に対応して欲しいものだ。

「は、晴華ちゃん。流石にそれはまずいと思うな……」

「むう……残念」

「残念じゃねえよ、馬鹿娘」

「別に、手を出しても構わないのに」

「俺が構うんだよ。せめて二十歳越えてからにしとけ」

「……二十歳越えたらオーケーしてくれるってこと？」

「誰もそうは言ってねえだろ。せめて最低限の条件を整えてから挑戦しろって話だ」

初っ端から無駄に疲れる事が起きたが、この後はどうなることやら。何事もなく平和に終わってくれると良いんだが、まあこのメンツで海に来ている以上またなにかしらはあるだろうな。

とりあえず、話を逸らすか。このまま話を続けてもいいことなんてないだろうし。

「まあ、なんだ。お前達も依頼書は読んだだろうし、一応のおさらいになるが、今回の対象であるモンスターの情報と依頼の目的は覚えてるな？」

「はい。基本的には出てくるモンスターは一種類だけです。魚型のモンスターなので通常は海からは出てきませんが、数が増えすぎるなど状況次第ではヒレを使って這って動くこともあります。そして、繁殖力が高くすぐに増えるため、陸に出てこないように意図的にモンスターを集め、一気に数を減らすのが今回の依頼の目的になります」

俺の問いかけに対し、それまで楽しげに話していた様子を一変させて宮野が答えたが、流石はリーダー。しっかり覚えてるようだな。といっても、他の三人の様子を見る限り誰に聞いても同じように答えられたとは思うけどな。

宮野の言ったように、今回の依頼は普段モンスターの侵入を防ぐために設置してある結界を意図的に解除し、モンスターを誘き寄せる道具を使うことで一度に大量のモンスターを処理してしまおうという計画だとのことだ。

「オーケー。資料はちゃんと読んでるようだな。ならまあ、この後の説明でも大きくミスることはないだろ」

まずないだろうとは思うが、依頼の内容に関して問われたりした時、分かりませんなんて言ったら話にならないからな。

「それにしても、モンスター達も無駄に頑張るわよねー。魚なんだから陸に出てこないで海ん中で暮らしてればいいのに」

「だとしても、狩られるのは同じ」

「相手が多すぎると、いくら結界を張ってあるっていっても壊れちゃうからね」

「そうなったら海水浴客が来なくなり、この街の財源がなくなることになる。それを防ぐためにも、たとえ陸に上がってこない相手だとしても強引に処理するしかないわ」

「それは分かってるんだけどさー」

確かに魚系のモンスターなんだから、大人しく海にいろとは思うし、人に迷惑かけることなく海の底で沈んでろとも思う。海の底にいる分には増え過ぎれば国が対処するんだから楽に終わるのにな。

だが、実際にそうはならずここまで攻めてきているのだから、陸に来なければ、なんて言っていられない。

「たられればを話しても意味ないだろ。実際に相手は陸を歩くんだ。増えすぎて結界を壊す前に処理するしかない」

「因みに、結界って壊れたらどうなんの？」

結界が壊れたら、か……。

「場合によってだが、小さいものだと使い切りで壊れるな。今回みたいな大型の設置式だと結界を壊されてもしばらくすれば使えるようになるぞ」

まあ、じゃないとわざわざ結界を解除してモンスターを倒しましょう、だなんて話にはならない。いちいち使い捨てを使っていては余計な出費が嵩むしな。

「あ、そうなんだ」

「ただ再使用の前にメンテナンスが必要だけどな。簡単に言えば、俺が敵の魔法を壊すことと同じことが起こるわけだし」

「つまり爆発する？」

安倍は実際に俺に魔法を壊されたことがあるが、その時の光景を思い出しでもしているのだろうか。僅かに眉が顰められている。

「そこまではいかないが、まあ衝撃くらいはあるだろうな。そんな衝撃を受けた状態で繊細な機構を動かしたらどうなるか、想像できるだろ？　最悪結界は作動しないで、大爆発だ」

前に学校でニーナと戦った時に魔法具をぶっ壊すことで迎撃としたが、いくつか束ねたとはいえ持ち運びのやつで結構な爆発を起こすことができた。それが設置型となったら、どれだけの規模の被害が出るのか分かったものではない。

「それって、メンテナンスをして再使用するまでどれくらいかかるんでしょうか？」

「さあな。それは技師の技量と人数によるが、まあ最低でも一日はかかるんじゃないか？　とはいえ、今回の依頼ではそんな結界が壊されるようなことはないだろ。壊されないようにするためにあえて結界を消してモンスターを誘き寄せて狩るわけだしな」

「……なーんか、あんたがそう言うと実際に起こりそうよねー」

なんて不吉なことを言うんだこいつは。いくら俺がイレギュラーに何度も遭遇しているとはいえ、失礼すぎるだろ。

「なに言ってんだか。そんなこと起こるわけないだろ、アホ」

だが、言われてみると何か起こりそうな予感がしてくるから不思議なものだ。もしこれで何か起こったら、その時は浅田がそんなふざけたことを抜かしたからってことにしておこう。

まあ実際にはそんなこと起こらないと思うが、想定しておくこと自体は悪くないか。モンスターが関わる以上、なにが起こるのかなんて誰にもわからないんだから。

「とりあえず、荷物持ったまま話すことでもないだろ。お前ら適当に部屋分けして休んでろ」

そう言って四人を部屋から追い出すことで強引に話を終わらせ、俺は部屋の中で一人大きく息を吐き出した。

「どうぞこちらへ」

宮野達を部屋から追い出した後はそれぞれ部屋で休んでいたのだが、暇だから外でもぶらついてこようかと考えたところで今回参加するメンバーが全員揃ったようで、説明をするから集まれとの伝言を持って部屋に従業員がやって来てた。

案内された部屋に入ると、中にはすでに二つのチームが待機していたようで、新たに部屋に入ってきた俺達へと視線が集まった。

そうして視線が集まるのは構わないのだが、その視線は好意的なものではなかった。向けられた視線は、好奇心によるものや嘲りや侮りを含んだもの……要は舐められてるということだ。

まあ、周りが大人ばかりの中で女子高生ばかりのチームが入ってきたら、そうなっても仕方がない。

そんな居心地の悪い視線を感じつつ案内された席につき待機していると、程なくして他のチームがやってきた。

だが、そのチームはどういうわけか冒険者らしくない者を伴っていた。あれは誰だ？

ここには関係者しか入ってこられないわけだし、もしや今回の依頼人だろうか？

などと思いながら観察していると、最後に入ってきた冒険者チームは誰に案内されるでもなく席についたのだが、そのうち二人は部屋の前方に立って話し始めた。

「えー、皆様初めまして。当ホテルの支配人、及びこの度商工会の代表として依頼を出させていただきました、中野茂夫と申します。こちらは専属冒険者として活動している息子の英輝です。みなさまにおかれましては、この度は私ども地元商工会の依頼をお受けくださり誠にありがとうございます。本日は私が商工会の代表としてお話を進めさせていただきます」

どうやら最後にやってきたのはこのホテルだか商工会だかの専属チームのようだ。確かに、親子であるなら専属としても雇いやすいだろうな。

息子の方は見るからに場慣れしした様子が感じられ、今回のような仕事を何回もやっているのであろうことが窺える。

「早速ではありますが、この度お集まりいただいた四つのチームの皆様に、依頼に関するお話をさせていただきます。ご質問等ございますでしょうが、話の最後にまとめて受け付けさせていただきますのでご了承ください」

そうして始まった依頼の説明だが、概ねメールで送られてきた依頼書の内容と同じだった。

依頼の期間は今日から一週間だが、期間中は常識の範囲内でホテルを自由に使用することが可能。自由にといっても常識の範囲内でだし、他にも客がいるのでその者達に迷惑をかけるようであれば違反として罰金の上警察に突き出される事になる。

依頼をこなすにあたって、基本的に専属冒険者チームを中心に行われ、宮野達を含めた雇われた三チームはその指示に従う。これも今まで同じことをこなしてきた専属チームがいるのだからその者達を中心にやるのは当然のことだろう。でなければなんのための専属だとなる。

注意事項としては、海辺にはモンスターを寄せ付けない結界の要が置かれているが、許可なく接触することは禁止。

作戦の内容そのものに関しても、問題ないように思える。大雑把に説明すると、海を守ってる結界を解除し、モンスターを誘き寄せる薬を撒き、モンスターがやってきたところを複数の設置型の投射機を使って縄のついた銛を放つ。そうして釣り上げたモンスターを俺達冒険者が仕留める。そんな感じだ。

設置型の投射機を何台もだなんて、そんな大掛かりな作戦をこなすには人数が少ないように思えるかもしれないが、どうやら冒険者だけではなく地元の有志団も参加するらしい。

まあ、投射機なんて使うんだったら冒険者としての能力があろうがなかろうが関係ないからな。ただ機械を動かすだけなんだから誰だってできるんだから。

とはいえ、モンスターを倒すのにあたって覚醒していない一般人で大丈夫なのかと思ったのも事実だ。何せモンスターとの戦いでは何が起こるかわからないのだから、万が一というのは十分に考えられる。

だが、依頼人側もそこまで考えていないわけではないだろうし、実際にこれで何年もやってきたんだろうからな。何事も起こらない限りは問題になるようなことはないだろう。

「今回は前回よりも多めに人数をとっておりますので、不測の事態が起こったとしてもどうにかなると考えております。もし何も起こらなければ、その時は観光だけしていただいて終わることになるかもしれませんが、その場合であっても依頼料は満額支払わせていただきますのでご安心ください」

前回は合計三チームでやっていたらしいが、専属以外の二チームがいなくなったことで以前の討伐経験がない新たな人員を雇う必要が出てきた。そのため、慣れない作業によってミスをする可能性も考え、前回よりも一チーム多く雇うことにしたとのことだ。

そうして送られてきたのは、ヤスのところも含めてそれなりに大きな会社から薦められた冒険者チーム達。前もってヤスから教えられてはいたが、俺達以外の二つはどちらもよく聞くような知ってる名前の企業や団体だ。

なんでそんな有名どころが参加してるのか知らないが、報酬目当てではないことは確かだ。こいつらなら、もっと割のいい仕事を見つけることなんて簡単にできるだろうからな。

にもかかわらずこの依頼を受けた理由は、慈善事業だろう。より正確に言うのなら、慈善事業をしている良い人達、と思わせたいからで、簡単に言うならイメージアップのためだ。――と、ヤスから聞いている。

実際にその考えが合っているのかどうかはわからないが、それだけ有名どころからやってきているのであれば、実力の方は問題ないと思っていいだろう。

宮野達は経験は少ないがその能力はこの中の誰よりも高いし、他のチームは宮野達より能力は劣っていても経験はあるだろうから問題はないと思う。それこそ、依頼人の言ったように観光気分で終わることも考えられるな。

その後も説明が続いたが、予め送られていた依頼書の内容と大きく違っているところはなかったので問題はない。強いてあげるなら魔法の使用に関しての説明が追加されていたことか。宮野が雷を使うということは向こうにも伝わっているんだろう。電気系統の魔法は極力使用禁止。他の魔法も大規模なものは原則禁止となっていた。まあこれは仕方ないだろう。他の者を巻き込んだら大変だし、今回のことが終わっても海が荒れてたら失敗となるのだから。

「いかがでしょう？　何かご不明な点等はございましたか？」

「お前達は大丈夫か？」

「はい」

俺から聞きたいことはなく、宮野達からも聞きたいことはなかったようだ。まあ説明自体特に不備があるものでもなかったし、他の者達も何もなくこのまま話は終わるだろう。

「一つよろしいでしょうか」

そう思ったのだが、どうやらそうはいかないようだ。俺達でも専属でもないチームのうちの一つが手を上げた。

だが、なんだろうな。その表情の感じからすると、純粋に疑問があるという感じではないように思える。もっと打算と悪意の籠もったような感じとでもいえば良いのか……

「はい。なんでしょう？」

「私達と専属の方が協力してモンスターを倒す、というのは理解しましたが、そちらの方の指示に従って欲しいとおっしゃってましたよね？　それはなぜでしょうか？」

「えー、はい。この場所でモンスターが現れるようになって六年目に入りましたが、英輝は毎年その対応に当たってきておりますので、今回の事態にも慣れております。ですので、やるべきことを分かっている英輝を中心として動くことで、効率的にモンスターを駆除することができるかと考えております」

そうだろうな。何年もやってるというのなら、その経験は何よりも強い武器となる。任せた方がいいに決まっている。そんなこと聞かなくとも分かるだろうに。

だが、質問をしたチームの男はニヤリと不愉快さを感じる笑みを浮かべながら話を続けた。

「しかしながら、失礼ですがそちらの専属の方のチームはその方を除いて二級と三級ばかりですよね？　我々は一級を複数抱えておりますので、力のある者に任せるのが道理ではないでしょうか？」

……あー、なるほど。これ、こいつは今回の主導権が欲しいのか？　そう考えればこの挑発的で自信家な態度も理解できる。

今回の依頼は、一定以上の功績を持っている企業や団体がそれぞれ自分達の手下を送り込んでいる、と言えるような状態だ。そんな中で活躍し、主導権を取ることができたのなら、それは大きな功績となるだろう。

その功績を持って依頼を受けた大本の奴ら……俺達でいえばヤスのような存在からの評価を上げようとしているのではないだろうか。

だが、そんな思惑は上手くはいかないようだ。

「能力的なことであればそうかもしれませんが、英輝達のチームは何年も同じ作業を行い、今回の対象となるモンスターの処理に慣れています。しかし、あなた方は力はあれど、この地におけるモンスターの襲撃については初めてとなります。ですので、今回も慣れた者に任せるべきだと考えます。ですが、それはあくまでも私共の考えです。あなた方はそう思っていただけないのでしたら、結構です。どうぞお引き取りください」

流石はこれだけのホテルを経営しているだけはある。冒険者という自分を殺しうる存在を前にしても臆することなく男の言葉を拒絶してみせた。

そのせいで男は一瞬ポカンと呆けたような表情を晒した後、顔を赤くしてガタリと立ち上がりかけたが、すぐにその行動がまずいと理解できたようで何もすることなく大人しく座り直した。どうやら、多少怒りっぽくはあっても無闇矢鱈と喧嘩をするような考えなしではないようだ。

「……わかりました。では、そちらの方の指示に従って戦います」

「ご理解いただきありがとうございます」

男からの悔しげな謝罪の言葉を、なんてことない様子で流した支配人。それだけでどちらが『上』なのか一目瞭然というものだ。

しかし、こうもはっきり言うとはな。もちろん今のは引いてはいけないラインではあったとは思う。だが、あの男に悪感情を植え付けてしまったのも確かだ。それを考えると、あの男やそのチームがこれからも大人しくしているかどうか……。何も起こらなければいいんだけどな。

「それでは、作戦等の細かい話につきましては明日、現場にて行うこととします。本日はここまでお越しくださりお疲れのことでしょう。自由時間といたしますので、ご自由にお過ごしください。何か必要な物がございましたら、従業員の者に申しつけていただければできる限りご対応させていただきます。それでは、最後になりますが、この度の依頼、よろしくお願いいたします」

そう言って支配人は専属冒険者チームと共に部屋を退出していき、残ったのは俺達新規で雇われた臨時護衛達三チームだった。

「チッ。調子に乗りやがって」

「まあ想定内ではあっただろ。うまく頭を押さえられればラッキー程度だったんだ。こうなったところで問題ないさ」

「それに、なんかあったらそれを理由に主導権を取れば良いだろ」

先ほどの男とそのチームメンバー達が悪態をつきながら話しているが、やはり大筋では俺の考えは合っていたようだ。

主導権だ会社での地位だなんてのはくだらないと思うし、生き残るために最善を尽くせよと思うが、まあ考え方や生き方は人それぞれだ。成り上がりたいと思うのなら好きにすればいい。こいつらだって、仕事できてるんだし失敗したらまずいことくらい理解しているだろう。やるべきことはちゃんとこなすはずだ。

「何見てんだよ。おっさん。ああ？」

なんて考えていたら、どうやら目をつけられたらしく、チンピラのようにこちらを睨みつけてきた。

「おい、他所に絡むなよ。面倒起こして追い出されでもしたらどうすんだって」

「つっても、こんなガキ連れてくるような奴と一緒に仕事って、ふざけてんだろ。こんな奴らに何ができるってんだ」

「いや、こいつら例のアレだろ。『学生勇者』」

「ああ……そういや社長からわざわざ呼び出されて言われたな。あいつらがそうか」

「詳しくは知らないが、多分今回のは学校の授業の一環なんじゃないか？　職場体験とかなんとか、そういう感じのやつ。依頼人も今回は人数を多めに取ってあるって言ってたし、あいつらがその多めに取った分ってことだろ」

「つまり、単なる見学とその引率ってことだろ。勇者っつってもガキに何ができんだよ。

大した実績もねえくせにまぐれ当たりで持ち上げられて……」

「下手に絡んで冒険者学校に苦情を入れられても困るぞ。何せ相手は勇者様だ。関わっても良いことないんだし、さっさと部屋に戻ろうぜ」

チームメンバー達に宥められながら男は部屋を出て行ったが、よかった。どうやら何事もなく終わったようだ。

ここで攻撃されたところで容易く対処できただろうが、それはそれで面倒な事になっただろうから、何事もなく終わって一安心だ。

男達が出て行ったのを見送ってから少しして、残っていたもう一つのチームも立ち上がり、俺達に軽い会釈をしてから部屋を出て行った。これでこの部屋に残されたのは俺達のチームだけという事になる。

「……なんかさー、舐められてる感じがしない？」

「そうね。でもこればっかりは仕方ないんじゃないかしら？　実際、私達が学生なのはその通りだもの」

「そっちもだけどさー、依頼人の方もよ」

「そ、そうかな？　優しい普通の感じだったと思うけど……」

「伊上さんはどう思いますか？」

　そこで話を振られてもな……。まあ、今は依頼人が聞いてるってわけでもないし、別に答えても構わないか。

「まあ、舐められてるだろうな。特に俺達に限っていえば、尚更だろうな。何せこっちは俺っていう大人がいるとはいえ、俺は三級だ。残りは可愛らしい女の子四人組ってことになれば、見下すのも無理はないだろ」

　他の冒険者チームの奴らは舐められているというよりも警戒されているという感じだろうが、俺達に限って言えば舐められているというのは間違いではないだろう。

「可愛いなんて……照れる」

「そこだけ切り取ってんじゃねえよ、ったく」

　安倍が俺の言葉を切り取って馬鹿なことを言っているが、まあいつものことと言えばいつものことだ。

「でも、伊上さんが三級だから舐められる、ということは、向こうは私達をランクで判断しているということですよね？　なら、私の特級というランクを知っていれば、敬うとまではいかずとも、尊重するはずなんじゃないでしょうか？」

　まあ、宮野の言葉も一理あるな。向こうには俺達のランクなんて分かってるだろうし、宮野が勇者だってことも分かってるはずだ。だが、世の中はそう簡単ではない。ランクで相手のことを判断すると言っても、ランクだけで全てが決まるわけではない。

「向こうがランクで判断してるってのは確かだろうし、そんなのは今回に限った話じゃなくて今の世の中の風潮がそうなってるわけだが、だからといってそれだけで判断してるわけじゃない。どれだけ力を持っていようと、年齢が下ならそれだけで見下してくるやつはいるもんだ。お前達だって、そうだな……十歳の子供が勇者だなんて呼ばれてたら、すごいって褒めるより疑うだろ？　そうでないにしても、心の底から信頼することはないはずだ。違うか？」

表で褒めこそすれ、裏ではこんなやつ、と唾を吐きかけるのが人間である。

仮に世界を救うような非の打ちどころがない素晴らしい功績を残したとしても、子供というだけで色眼鏡で見られるものだ。逆に、大人だから、というだけで能力やランクに関係なく信頼されることもある。それくらい見た目や年齢というのは人間社会において重要なのだ。

「そりゃあ、まあね。十歳の子供が勇者だなんて言われても、うーんって感じよね」

「でも、それは十歳だったらの話ですよね？　私達、今年で十七ですよ？」

「歳を取ってる奴らからしてみれば、十歳も十七歳も子供……〝ガキ〟であることに変わりないんだよ。どっちも等しく〝格下〟の存在だ」

最近の若いもんは、なんて言葉があったけど、あれと同じだ。年寄りからしてみれば、自分より若い奴なんて全員ガキで見下す対象なんだよ。意識的か無意識的かの違いはあれどな。

俺だって、そういう意識がまるっきりないとは言わない。どうしたって子供ってだけで侮りを感じてしまうものだ。まあ、これがダンジョン内であれば相手がどんな見た目をしていようが何歳だろうが警戒を緩めることはないが。

「それに、そもそも向こうは勇者としてのお前を知らない」

「知らないって、さっき知ってる風だったじゃん」

「そうじゃねえよ。宮野が勇者だってこと自体は知ってるだろうが、何をしたのかって実績について知らねえってことだ」

「あの、でも、勇者に限らず有名な人って、ちょっと調べれば何をやったのかわかりますよね……？」

北原の言ったように、冒険者の実績なんてちょっと調べればすぐにわかるもんだ。俺についてだってものの数分で調べることができるだろう。

「まあ大抵はな。ただ、宮野の場合は特殊だ。最初にこいつが勇者と呼ばれるきっかけになった事はいいが、その後の実績が不透明なんだよ。ニーナとの戦闘もクラゲ退治も、非公式なものとして処理されてる。この間のやつだって、戸塚がいたからな。最終的にはどうあれ、他の勇者と協力してやったんじゃないかって結論になってもおかしくない。何せ、お前達は『ガキ』だからな」

「何それ。すっごいむかつくんだけど。何で非公式になってんのよ」

「まあ、仕方ないんじゃないかしら？　ニーナが襲ってきたとなれば世界最強が敵になる可能性を広めることになるし、クラゲの時だって政府の人達が関わっているんでしょう？　公にすれば騒ぎになることは確実だもの」

「……でも、舐められてるっていうんだったら、依頼は無事に進むのかな？」

「あー、あたしらは子供なんだから信用できるかー、って感じで差別してくるってこと？　ありそー」

「それは流石に、どうなのかしら？　あの人達も、自分達の町を守りたくないわけがないし、邪魔をしてくるってことはないと思うわよ？」

「邪魔はしなくても、不遇な扱いはありそう？」

北原の不安も理解できるが、その言葉をきっかけに四人は先ほどの依頼人達の態度について言い合いを始めてしまった。

俺の言葉なんてなくてもこうなっていたかもしれないが、今この話に繋がってしまったのは俺が迂闊に答えたからだろう。

ここはまだ自室ってわけでもないし、いつ人がやってくるかわからない。なんだったら外で聞き耳を立てている者がいるかもしれない。それを考えると、ここらで話を止めておいた方がいいんだろうか？　……いや、まだ許容範囲内か。依頼に関して話し合うというのは良い経験だし、今は止めずに好きに話し合わせよう。

「でも、私達は協力者よ？　依頼を出すほど困っている状況なのに、あえて不和を起こすようなことをするかしら？」

「マウントの取り合いだったんじゃないの？　なんか慣れてる感じだったし、質問したチームも自分達が主導権を取ろうとしてたっぽいから、それを押さえるために強気なところを見せたんでしょ」

やっぱり浅田って頭は悪くないんだよな。バカなことをしでかす時はあるが、こういう人の機微というか感情の動きによく気づく。普段から良い意味で他人のことを気にかけているからだろうな。

「……そう考えると確かに納得できるわね。でも、それって大丈夫なのかしら？　依頼するほど困ってる状態なのに挑発して、もし本当に帰られたら困るんじゃないかしら？」

「違約金」

「え？　ああ、なるほどね」

「違約金って、なんの？」

「私達が受けた依頼の、よ。依頼内容だけ見れば私達は助ける側で、向こうは助けられる側だけど、契約相手であるってことは変わらないわ。もし依頼人側になんの落ち度もないのに勝手に反故にすれば、わざわざこんなところまで来たのに違約金が発生して大赤字よ。多少の不満はあったとしても、それを飲み込んで仕事をするのが常識的な判断でしょうね」

「にしてもさー、もうちょっと感じ良くっても良いんじゃない？　あれだとすっごい〝使われてる感〟がするんだけど。まさか、なんか捨て石にするとかって――」

　こういった依頼に関する話が無駄だとは思わないし、何か不満に感じることがあるんだったら話し合うべきではあると思う。だが、それが他者へと悪意を向けるような事になってはならない。今の浅田の発言は行き過ぎだ。何か確証があるわけでもなく憶測や心証だけで語ることではないし、少なくともここで話すような内容でもない。

「そこまでだ。不平不満はあるだろうが、もう決まったことだ。それに、仮にもここは依頼人の所有する建物内だぞ。与えられた自室にいる時ならともかく、こんな誰でも入って来られるような場所で依頼人の悪口みたいなもんをいうのはやめておけ」

「そう、ですね……。すみません」

俺の言葉を受けて宮野が謝罪の言葉を口にし、浅田も言いすぎたと思ったのかバツの悪そうな顔をしている。

「それに、もし本当に不遇な扱いをされたとして、それに文句があるんだったら、不遇に扱われないように力を見せつけろ。冒険者なんてのは、良くも悪くも実力が全てだ。力さえ見せつけることができれば、大抵の問題は解決する」

力がないから馬鹿にされるんだ。だったら、力を見せればいい。そうして自分達は『勇者』なんだと教え込ませることができれば、もう馬鹿にされることも見下されることもなくなる

「なんか、随分と乱暴な話ですね」

「でも力を見せつけるって、やっぱりモンスターを倒してってこと？　こっちを舐めてくる奴らを殴るんじゃないでしょ？」

「そりゃあ当然そうだろ。普通に仕事をしろってことだよ」

まったく。すぐに誰かを殴るって発想が出てくる時点で、こいつはやっぱり脳筋だな。

「そもそも、訓練でもないのに実際に殴ってみろ。いくら『勇者一行』っていっても、捕まるぞ。捕まらなかったとしても面倒な事になるからやめておけ」

冒険者による一般人への暴行は一般人同士の傷害事件よりも重い判決になる。それだけ

肉体の性能が違うのだから当然と言えば当然のことではあるが、そのせいで今の宮野達が誰かを殴れればそれなりに重い罰を受ける事になるだろう。

宮野は『勇者』だから、普通なら禁固刑のところが罰金だけで済むことはあるだろうし、誰かを殴った程度のことであればなんのお咎めもなしということもあり得る。

だが、それは法律上裁かれないというだけで、人間関係というか、宮野達に関する人物評価は下がる事になる。そうなれば後々いろんなところで響いてくるだろうからやめておいた方がいい。

これがどうしても許せないことがあるってんなら別だが、今の目的は〝力を見せつける事〟であって誰かを傷つける必要があるわけではない。

「分かってます。流石に、佳奈だって誰かをいきなり殴ったりはしませんよ。ね？」

「ったり前じゃん。そんなことするわけないってば」

それならそれで良いんだけどな。

「まあ、なんにしてもだ。今回に限って言えば、金はもらえるんだしホテルも使い放題。依頼人が自分達のことを舐めてることくらいは見逃してやれ。どうせ今後も似たような類の輩は出てくるだろうから、それに慣れるって意味でもちょうどいい経験だろ」

今回結果を出したとしても、世界中に認められるわけではない。もちろんこのホテルの関係者や、合同で依頼を受けた他のチーム達からは一目置かれるだろう。だがそれだけだ。他の場所で依頼を受ければ、また侮られる事になる。その時にも対応しないといけないことを考えると、態度がわかりやすく、だが過激ではないので対応を学ぶ教材としてはちょうど良いと言えるだろう。

「……そうですね。今後のためと思えば、良い経験だと思います。別に、誰かの下につきたくないというプライドがあるわけでもないですし」

だろうな。そんな無駄なプライドなんてあるようなら、いくら成長できるかもしれないとはいえ初めから俺を教導官にしようだなんて考えない。

「つっても、流石によっぽどおかしな指示だったら抵抗しろよ。指示を受ける側だとしても、その指示に命をかけなきゃいけないってわけじゃねえんだからな」

「はい、分かってます。一番大事なのは、自分達が生き残る事ですから」

「それでいい」

依頼をこなすことも、依頼人の指示に従うことも大事ではあるが、それも自分の命、身の安全を確保した上でのことだ。自分達が死ぬかもしれないのに馬鹿正直に命令を聞き続ける必要はない。

「とりあえず、部屋に戻るぞ」

　顔合わせ兼作戦会議は終わったのだし、これ以上話をするんだったら落ち着くことのできる自室へと戻ってからすべきだろうと、俺は宮野達四人を引き連れて部屋へと戻る事にした。

「ここが浩介の部屋かぁ……ぶっちゃけ変わんない感じねー」

「そりゃあそうだろ。同じホテルの同じランクの部屋なんだからな」

「でも一人で使うと広い。私と使う？」

「その話はもう良いっての」

　今後について話す必要もあるので一度誰かの部屋に集まる事にしたのだが、ホテルとはいえ女性の使ってる部屋に男が入るのもなんだし、俺の部屋に集まる事になった。

「あ、そだ。ってかさあ、今更なんだけど、なんで冒険者なんて雇ってんの？」

　さてそれじゃあ今後の話を、と思ったところで浅田がそんなことを聞いてきた。だが、こいつは何を言っているんだろうか？　まさかモンスターを退治しに来たってことを忘れたわけじゃないだろうが……。

「え？　なんでって、モンスターが襲ってくるからじゃないの？」

「佳奈。脳筋だけじゃなくて鳥頭もだった？」

「いや、そうじゃなくってさ……っていうか酷くない⁉」

安倍の言葉に憤りを見せたが、もし本当に忘れたんであれば鳥頭どころの話ではない。なんらかの病気を疑うレベルだぞ。

　そんな安倍の言葉を否定するためか、浅田は一度咳払いを入れると、先ほどの自身の言葉の意味を説明し始めた。

「今回の依頼ってさ、結構お金もらえるじゃん？　あたしらだけで三百万でしょ？　他にも二チームいるし、専属の人達にも払わないといけないわけだし、ホテルを使い放題ってなるとその金額もプラスでしょ？　後は地元の人達にも何にもなしってわけにもいかないし、なんか色々設備も必要になってんでしょ？　そうなると、結構な額になるわけで、だったら繁殖期が来るって分かってるんだから戦艦とか呼んだらいいんじゃないの？　それでバーッと攻撃すればおしまいでしょ？」

　ああなるほどな。浅田の言いたいことは理解できた。確かに、今回の依頼は規模に反して安いと言ってもいい報酬だが、複数のチームに払うことやその補助に金を使うことを考えれば総額では大金と言って良い額になるだろう。

　だが、こいつは分かっていない。たかがその程度の金額で、戦艦なんて用意できるはずがないのだ。

「そりゃあもちろん金の問題だろ。今回の依頼はあくまでも地元の組合からの依頼だ。魚雷とか、お前いくらするか知ってんのか？」

「知らないけど、いくらくらいなの？」

「一発で一億くらいと思っとけ」

「い、一億⁉」

この答えには浅田だけではなく宮野達も驚いた様子を見せているが、まあそうだろうな。

一級の冒険者チームとして活動している宮野達の貯金は、普通の学生では考えられないほどの額になっている。それでも無限にあるわけではなく、億を超える額は持っていないはずだ。それだけの大金が必要となると、驚かないわけがない。

「しかも、それで倒し切れるんだったらいいが、倒しきれずにばらけて襲ってきたらどうしようもないぞ。だったら最初っから冒険者雇って細かいのも処理してもらえるようにした方がいいに決まってる」

ダンジョン産の素材のおかげで兵器の技術も進歩したが、だからといって安くなるわけではない。既存の技術、格落ちした兵器であれば安く買うこともできるかもしれないが、それでは威力に不安が残る。

それに、魚雷一本買ったところで、それを使用する発射台の役割をするものを用意しなければ使い物にならないが、そういった兵器を借りるだけでもなかなかの金額になる。

　それら諸々（もろもろ）を考えると、冒険者を雇った方が圧倒的（あっとうてき）に安いのだ。

「冒険者を雇ってホテルを好きに使わせたとしても、最大で二千万程度。そのほかの費用を合わせても精々その倍程度。ならそっちの方が安上がり」

「そういうことだ」

　安倍の言葉に頷（うなず）きを返すと、他の三人は感心したように頷きを返した。

「――で、それはそれとして、この後はどうする？　海に来たわけだが、遊ぶのか？」

　今の時刻は三時を過ぎたところだ。夏だしまだ日が落ちるのは後だろうから、遊ぼうと思えば遊べないこともない。元々この依頼を受けたのは海で遊べるから、という理由からだったのだから、遊びたいというのであれば遊んでくればいい。

「今からですか？」

「うーん、どうしよっか。遊べないこともないけど、全力で遊ぶには少し遅（おそ）いっしょ」

「え、えっと、明日は実際に現場を見て作戦の打ち合わせをするだけで、明後日から三日間が実際の戦闘だよね？　なら、遊ぶのは明日でもいいんじゃないかな？」

「それじゃあ、明日は打ち合わせの後に海で遊ぶとして、今日はどうしようかしらね」

「出てくる敵の資料の確認（かくにん）とか？　一応もう読んだけど、現地についてから読み直しておくのもアリじゃない？」

「うーん。それもいいかもしれないわね」

四人はそうして話し合ったが、どうやら今から遊ぶつもりはないようだ。であれば、一つ付き合ってもらいたいことがある。付き合ってもらいたい、というか、今回みたいなゲートの外……現実の地球側で戦うにあたって知っておいた方がいいことを教えておきたいのだ。

「やることないならついて来い」

「何？　なんかやることあるわけ？」

「デートのお誘い」

「んなわけあるか。今回はいつもみたいにただダンジョンを攻略するだけじゃない。だったら、色々とやっておくべきことがあるってもんだ」

俺の言葉に宮野達は首を傾げたが、そんな四人を連れてホテルを出て行った。

◆◇◆◇

「――って、なんか言ってたけど、ただ歩いてるだけじゃん」

「やっぱりデートだった？」

そうして行ったのは、ホテル周辺の散策だ。別に歩いてどこかに行くってわけでもないが、それでもこれが宮野達に付き合ってもらいたかったことで間違いない。

なんでこんなことをしているのかといったら、宮野達に言った通りこれはやっておくべきことだからだ。

「デートじゃなく散策だ。これだって大事な仕事だぞ。周辺の地理を知ってるだけでも違うだろうし、住民に顔を見せるだけでも馴染み易くなるからな」

「んー、まあ観光がてらって感じ？」

「まあ、それでも構わないが、重要なことだけは頭に入れておけよ。正確じゃなくても構わないから、建物の位置関係は覚えとけ」

実際に歩かなくとも今なら航空写真とかでどうにかなるし、他の大多数の冒険者達はそうするのだが、それではわからないこともある。それに、咄嗟の時には航空写真で見た場所を思い出そうとしても思い出せないことがある。だが、実際に自分で体験した記憶であれば、いざという時に思い出すことができるかもしれない。

それが役に立つかどうかといったらわからないが、せっかく空き時間があるのだ。自分の足で歩いて、目で確認しておいた方がいい。

そんなことを説明しながら適当に雑談をしつつ歩いていたら、海を見渡すことができる場所にでた。ここに来るまであっちこっちと結構時間を使って歩いたこともあり、ちょうど海に日が沈む様子を見ることができた。意図してこうなるように歩いたわけではなかったが、こんな光景が見られたのは幸運だったってことだろう。

「わあ……綺麗ね」

「うーん。これなら人がいっぱい来るのも納得よね」

「海に日が沈むの、初めて見た」

「うん、私も。近くに海がないと、海自体あんまり見られないもんね……」

海の無い県で暮らしてると、そうそう海なんて見る機会はないし、夕日に染まった海なんてのも見ることはないのが普通だ。海があってもその海が汚ければ、同じような景色を見ても感動することなんてないだろう。

「伊上さん。これを見せるためにここに来たんですか？」

海からこちらに視線を向けた宮野が問いかけてきたが、そんなつもりはない。一応この場所に高台があるのは分かっていたから、ここから街を一望させて全体図を把握させようとは考えていたが、この夕日はただ単純に時間が合っただけ。

「いや、普通に散策のためだ。この時間になったのは偶然だな」

「なんでも良いけど、海も綺麗だし、街そのものも綺麗だし、良い場所よね」

「まあ、街ぐるみで綺麗にしてるんだろうな。じゃないと、海なんてもっと汚くてもおかしくない。あれだけ立派なホテルを経営するってことはそれだけ人が来るんだろうし、その上で海も街も綺麗な状態を維持できるってのはそれだけ努力が必要だからな」

観光客が多ければ、その分ゴミのポイ捨てなんかは出てくるし、周辺の漁業だ工業だなんてのに気を遣わなければ海そのものが汚れる。客を集めるんであれば海だけではなく街の美化と治安も大事になってくるし、それら全てを良い状態で維持し続けることができているのは、この街全体がそういう意識を持っているからに他ならない。

「……なら、守らないとですね。これだけ大切にされてる場所を、荒らさせるわけにはいかないですから」

「そーね。うん、よし！　今回の仕事、がんばろっと！」

決意を新たにした宮野の言葉に浅田が同意するように声を上げ、安倍と北原もそんな言葉に続くように頷いた。

本来の意図とは別ではあったが、宮野達はここからの景色を見て今までより一層やる気を張らせた。

明後日から始まるモンスターの討伐も、何か問題があったとしてもこいつらなら無事に乗り切ることができるだろう。今の宮野達の姿は、そう思わせるほど立派なものだった。

「――というわけで、明日はモンスター達を防ぐ結界を解除した上で、誘き寄せる誘引剤を使います。しばらくすると徐々にモンスター達がやって来るんで、それを有志団を含めて俺達が釣り上げます。皆さんには、その釣り上げた奴らの処理を、あー……あの辺り。あの辺でやってもらうんで、お願いします」

翌日の朝になって俺達は、専属の冒険者チームの一人であり、昨日の説明にも参加していた中野英輝という男から説明を受けていた。

三つのチームはそれぞれバラバラで説明を受けているが、一緒にしないのは余計な関わりを作って面倒を起こされないようにするためだろうか。

「ここまででなんか質問はありますか？」

「はい。一ついいでしょうか？」

「……なんですか？」

まさか本当に質問が来るとは思っていなかったのだろう。中野はめんどくさそうな表情を見せてから宮野の言葉に応じた。

そんな中野の不満を感じ取ってはいるだろうが、それでも宮野は臆することなく問いかけた。

「釣り上げるとおっしゃいましたが、それは地元の人達がやる事になっているのですよね？　これまで何度も行ってきたということですから問題ないとは思いますが、もし仮に規格外の……イレギュラーが現れたらどうするのでしょうか？　流石に特注の投射機を使っているとはいえど、非覚醒者の方では厳しいものがあると思いますが……」

「イレギュラー？　ああ、まあ、確かにイレギュラーなんてもんが出たら地元の奴らだけじゃきついでしょうね」

宮野の問いに、中野はこちらを小馬鹿にするような笑みを浮かべて答えた。

そんな中野の態度に浅田は少しムッとした表情を浮かべていたが、だからといってここで騒いではならないと理解しているためか、特に何かを言うことなく話は進んでいく。

「でも、イレギュラーなんてそうそう出ないもんだから問題ないですよ。現に、これまで何年も活動してますけど、俺達はイレギュラーなんて一度も遭ったことなんてないですし」

まあ普通はそうなんだけどな。でも、それ言ったら俺なんてもう何回もイレギュラーに遭遇してるが？　特にここ一年の遭遇率はやばい。今回だって、絶対に遭遇しないとは言い切れないと思っている。まあ、そんなことは普通のやつには理解されないことだと思うが。

「ですが、それでも警戒しておく必要はあるのではないでしょうか？　絶対に現れないとも限らないのでは……」

しかし、俺と共に行動してきたことでイレギュラーに遭遇することがあるということ、そしその怖さを知っている宮野は反論したが、そのせいだろう。中野は先ほどまでのめんどくさそうなものとは違い、明確に不機嫌さを顔に出して答えた。

「いや、そりゃあ確かに絶対現れないとはいえねえですけど、だからってそうそう遭うもんでもないですよ。学校の授業だけが通用する世界ってわけでもないんです」

分かっちゃいたが、この反応はだいぶ見下されてるな。舐められてるどころの話じゃない。まあ、今までこの街は自分達が守ってきたって自負があるんだろうな。そこに、必要だとはいえ外部の……それも大して経験を積んでいないような、使い物になるかもわからない女子高生の集まりなんてやってきたんだから、この態度も理解できないわけではない。まあ、だからといってそれに納得できるかどうかは別だけどな。

とはいえ、ここは俺の出る幕ではない。腹が立たないわけではないが、それでも今この場で対応すべきは宮野達四人だ。どうしても必要なら後で裏から手を回せばいい。

「……わかりました。ですが、もしイレギュラーが現れた場合の対処だけ教えてください。

私達はその時に自由に動いても構わないでしょうか？」

「まあ、その時は好きに動いてもらってかまわねえですよ。ただし、怪我したりしてもこっちのせいにしないでもらいたいもんですけど」

そんな中野の言葉を最後に、宮野達が誰も答えないのを見てもう質問は終わりだと判断したのだろう。中野はふんっと一度鼻を鳴らすと再び口を開いた。

「じゃあ、道具の調整や有志達との打ち合わせはこっちで終わらせとくんで、後は自由にしてもらって平気ですんで」

「……はい。明日はよろしくお願いします」

そうして中野は宮野達への対応を打ち切り、一度だけ俺の方を見てからすぐに視線を逸らしてこの場から去って行った。

「……なーんかやな感じじゃない？」

「疎外感」

「うーん。な、なんていうか、私達なんて必要ない、みたいな雰囲気だったね」

「イレギュラーへの対処も、好きに戦えっていうよりは、勝手に逃げろ、って意味だったように聞こえたわね。まあ、逃げることを主として考えるのは正しいんだからなんとも言えないけれど……」

去っていった中野の後ろ姿を見ながら、浅田が不満を漏らし、他の三人もそれぞれ不満を口にした。

ただ、やっぱりこれは仕方ないことだ。宮野達が高校生という身分である以上どうしようもないことだし、高校を卒業したとしても若いうちはどこであろうと変わらないだろう。慣れるしかないのだ。

「っていうかさー。モンスターに対抗するために冒険者が必要、って聞いてたけど、なんかぶっちゃけ、あたしらいらなくない？　釣り上げた敵の処理っていっても、魚をしめるだけなんだから一般人でもできるでしょ？」

どうやら今日改めて作戦の話を聞いてそう思ったらしい。浅田は不機嫌そうなままこちらに問いかけてきた。いや、これは問いかけてきたというよりは、愚痴に付き合ってほしいって感じか？

有志団だけでどうにかできるんだったら、確かに俺達冒険者はいらないことになる。それでも集めた理由か……。

「誘引剤みたいな道具を購入する際には事情説明が必要なんだが、その条件に一定数以上の冒険者が必要だ、とでも言われたんじゃないか？」

武器の購入時に条件をつけられることはよくあることだ。じゃないと、テロリストなんかに簡単に買われることになるからな。俺だって今でこそ『上』から色々と便宜を図ってもらえているが、その前は自前で調達するのはだいぶめんどくさかった。

「後は……保険か？　慣れてるっていっても、所詮は一般人だ。万が一失敗してみろ。その時は死人が出るぞ。それだったら冒険者を雇っておけば問題解決だ」

流石にイレギュラーが出るとまでは考えていないだろうが、それでももし何かあった場合、っていうのを考えると冒険者という保険は用意しておきたいものだろう。

「何かあったら責任をなすりつけられるから？」

「……ま、それもないとは言わねえが、普通に仕事をしてくれることを望んでんだろ。真っ当に仕事をしていれば問題ない依頼のはずだからな」

安倍の言ってることは間違いではないだろうが、少なくとも最初からそのつもりということはないはずだ。そんな悪意のある依頼主であれば、ヤスがこちらに依頼を回してくることはなかっただろうし、今までにも何かしらの問題を起こしているはずだ。

「実際のところは冒険者を雇った理由なんてよくわからないが、まあ仕事であることは確かだ。仕事は仕事として分けて考えろ」

「そうですね。それに、一般の方に任せておいたら万が一があるもの。そういう事故をなくすためにも、私達がやる意味はあるわ」

相手の態度は気に入らないはずだろうに、そんな様子を見せることなく宮野は真剣な様子ではっきりとそう口にした。

「まあいいけど。……それよりも、もう好きに動いていいって言ってたけど、どうすんの？」

そんな宮野の様子を見たからか、浅田も軽く息を吐き出してから頭を振り、中野の態度について頭から追い出すことにしたようだ。そして頭の中ではすでに次の行動予定が組まれているのだろう。どうするのかと問いかけてきた浅田の表情は期待に満ちたものだった。

それの意味するところはつまり、この依頼を受けた本来の目的――みんなで遊ぶ、という目的を果たすつもりなのだろう。

「そんな餌を待ってる犬みたいな顔すんな。許可は取ったんだから遊んでも平気だ。海で遊ぶんだろ？」

「イエーイ！　待ってましたー！　それじゃあみんな、着替えを持って行こっか！」

それが自然体なのかあえてなのかは分からないが、浅田は先ほどまでの不愉快そうな様子を見せることなく楽しげな様子で宮野達三人を連れてホテルへと戻っていった。

二章　海に来た！

空には燦々と輝く太陽。

足元には土やコンクリートとは違って沈むような感触のする砂の地面。

周囲にはそこそこ多いと感じるほどの人。

邪魔だと思えるほどの両手の荷物。

そして顔を上げた視線の先には――。

「海。海。海！　いえーーーい！」

そう、海だ。俺は海に来てしまったのだ。それも、女子高生四人と。

……これ、通報されたりしないよな？

今の時代、防犯意識高い系を気取ってる馬鹿のせいで親子でも通報される時があるからなぁ。いやまあ、俺達は親子じゃないんだけども。

仮に通報された場合、どうしようか？　悪いことをしているわけじゃなくても、なんだか警察に通報されたってだけで緊張するんだよな。

　というか、今は自由時間といえどあくまでも依頼で来ている最中である。そんな中で通報なんてされたら、それが誤報だったとしても問題がある。少なくとも依頼人からの印象は悪くなるだろうし、明日からの討伐作戦においても支障が出ないとも限らない。

　だがそんな俺の心配を気にすることなく、というかそもそも気づくことなく、浅田はそれなりに荷物を持っているにもかかわらず両手を上にあげて思い切りジャンプをし、嬉しさとか楽しさとかそういうのを表現している。よくもまあ、あんなにハシャげるもんだ。

「テンションたっか。ガキかよ」

　つい先ほどまで割と真剣な、そしてこちらが不愉快になるような仕事の話をしていたにも関わらず、すでに完全に切り替えてはしゃいでいる様子を見て呆れからつい言葉が漏れてしまった。

　言ってから雰囲気を壊すかもしれないことを言ってしまったなと思ったが、言ってしまったのだからもう遅い。

「いいじゃんいいじゃん！　せっかく来たんだからさ、あんたも楽しめばいいんだって！」

　だが、浅田は俺の言葉が聞こえていたにも関わらず、笑顔でこっちに振り向いて楽しそうにそう言った。

　……はぁ。依頼を兼ねているとはいえ、せっかくこんなところまで来たんだからこいつらには楽しんでもらいたいとは思うし、今の言葉で雰囲気をぶち壊さなくて良かったが、俺はこいつらのように純粋に楽しめない。

「いえーい」

「……おい安倍。なんで俺の腕を持ち上げてんだよ」

まあいい。今はこれ以上空気を暗くしないためにも頭を切り替えよう。

そう思って頭を振ったのだが、なぜか安倍がそんな俺の腕を掴んで持ち上げて先ほどの浅田と同じようなことを言った。

大人しめに見えて意外と行動力のある安倍だが、なんだこれは？　何をしているんだ？

一応なんとなくの意図を察することはできるんだが、つまりあれだろうか。

……俺も同じように叫べと？

「い、いえーぃ」

「北原……無理すんなよ。そういうキャラじゃねえだろ」

そんなことを考えて眉を寄せていると、こちらは本当に大人しめの性格をしている北原が俺の反対の腕を掴んで腕に持ち上げた。

「まあまあ、いいじゃないですか。せっかく来たんですから、楽しみましょう。いえーい」

そして残ったメンバーの一人である宮野が俺の前で両手を上げて同じような言葉を言っ

た。

「その場のノリって大事でしょ。ほらあんたも。いえーい！」

「……いえーい」

浅田の言うようにその場のノリってものが大事だってのはよく分かってるし、さっきまでの場を壊してしまうような態度をとっていた大人気なさというか罪悪感がある。なので仕方ないかと諦めてため息を吐くと、両手を上にあげたまま浅田達と同じ言葉を口にした。

だが……。

「「「ぷふっ」」」

俺が言葉を発した直後、四人は口元を手で隠したり顔を背けたりと反応はそれぞれだったが、全員が同じ意味を表す行動をとった。

つまり——笑われた。

「おうお前ら、ちょっと殴っていいか？」

いい歳したおっさんが女子高生に交じってやるのは少し恥ずかしかったのに、それでもやったってのに、お前ら何笑ってんだこのやろう。やらせたのはお前らだろうがっ。

「ご、ごめんなさいっ……！」

「まさか、本当にしてくれるとは思わなかったです」

「暴力はんたーい」

「いえーい」

浅田と安倍。お前ら二人は確実に煽ってんだろ。

いや、よく考えると宮野も煽ってる気もするな？　やると思ってなかったんなら止めてくれよ。

たまにならこうして遊びの時間があるのもいいかと思ったが、俺はこんなふうに今日一日を過ごさないといけないのか？　結構キツくねえかなぁ？

「ほら、あたし達着替えてくるから、待っててよね！」

ここで怒るのもあれなので気を落ち着かせるために息を吐くと、それで話が終わったと思ったのか、浅田がそう言いながら少しの荷物だけを持ち、残りを俺に渡してきた。

「一日こんなテンションなのか？　まだ着替えてすらいねえんだぞ？」

先に歩き出した浅田の背を見て呟くと、その言葉に宮野達が反応した。

「あはは、まあ仕方ないんじゃないですか？　佳奈、だいぶ楽しみにしてたみたいですし。あ、もちろん私達も楽しみでしたよ」

「水着に期待してて」

「は、恥ずかしいですけど……」

そうして三人も浅田の後を追って更衣室のある場所へと向かって歩いていき、俺はその背を見送ってその場に残された荷物達へと視線を落とした。

一人残された俺は、その場に一緒に残されていた荷物を整理して場所を整えていたのだが、場所取りの設置を終えて座っていると、聞き覚えのある声がした。

「お待たせー」

「お待たせしました」

振り返ると、そこにはやっぱりと言うべきか、声の主である宮野達がやってきていた。

そしてそこには、まあ当然なのだが水着になっている四人がいた。

宮野が着ているものはフリルのついたビキニだった。

フリルがあるとはいっても全体的にシンプルな形で、それはそれで、まあ……魅力がある。

上下ともに黒系統の色なので地味に思える色合いかもしれないが、宮野自身の元々の見た目が良いこともあって全く地味には見えない。むしろピッタリだと思える。

浅田は、紐が前面で交差するような安定感の感じられるものを着けており、下は普通のビキニになっている。こちらはおとなしめな宮野とは違い赤い色というのもあって、なかなか派手に感じるものだが、似合っていることは間違いない。

安倍は下が短いスカートになっている赤いワンピースタイプのものを着ているが、途中で腹の部分や背中に穴というか隙間（？）があり、そこから肌が見えているので、露出が少ないというわけでもない。

北原は一応ビキニタイプの水着だが普通のものではなく、上は水着というよりも首元まで伸びたスポーツブラのようになっているものだ。

首元まで伸びている水着は大きな胸を包み込んで隠しているが、控えめに言って大きいので、隠しきれていない存在感がある。むしろより強調された雰囲気さえある。

「……ああ。じゃあ俺も着替えてくるわ」

そんな四人の水着姿だが、特に何も言うことなく立ち上がる。

だって何言っていいか分からんし、何か言ったらそれはそれでなんかなぁ、という感じがするから。

「まーだ着替えてなかったの？　なにやってんのよー」

「一人しか残ってねえのにこの場を離れろってか？　それに、こういう時は野郎なんて着替えんのは最後でいいんだよ」

荷物だけを残して離れるわけにはいかなかったので俺はその場で待っていたのだが、ぶっちゃけ野郎の着替えなんて後回しでいい。

どうせすぐに終わるんだし、待ってる奴なんて誰もいないし。

まあ一応結界の魔法具は持ってきているので、全員が離れるときでも荷物を取られる心配はないのだが、使うにしても魔力を消費するので使わないに越したことはない。

それにまあ、打算というか、少し考えもあるしな。だから結界なんて使わずに待っていた。

そして着替えるために少しの荷物を持って歩き出したのだが、軽く息を吐くと俺は少しだけ足を止めた。

「ああそうだ。全員離れるんだったら結界の魔法具を起動しておけよ。……それから、水着、似合ってんぞ」

言わないのもなんだし、まじまじと見て言うのもアレだから、思い出したかのように連絡事項と一緒に軽く言ったが、これで平気だっただろうか？

どんな反応をしているのか、俺の言葉はアレでよかったのか、後ろを振り返って反応を見たい気もするが、そうはせずにスタスタと歩いていく。

後ろから「っしゃー！」なんて奇声が重なって聞こえるが、気にしない。

着替えを終えて荷物を置いた場所まで戻ると、宮野達が全員待っていた。

……結界使っていいって言ったのに。

全員離れられるんだし、俺が着替えている間に泳ぎにでもいってくんないかなー、なんて思っていつもより少しだけ、不自然にならない程度にあえて遅く着替えたんだが、宮野達は誰一人として離れてくれなかった。

「ねー、ねー。これお願い」

そうして少し期待外れにがっかりしながら宮野達の元へと戻ると、浅田が何か出して押し付けてきた。なんだ？

「あ？　日焼け止め？」

「サンオイル。塗ってくんない？」

容器に書かれた文字を見ると、そこにはなんか英語で書かれてた。

一緒に描かれてるイラストや、スラスラとではないがなんとか読める英単語から察するに日焼け止めだと思ったんだが、サンオイルだったらしい。

……日焼け止めとサンオイル、何が違うんだ？

「これを？　俺が、お前に？」

まじで言ってんのか？　と思って浅田の顔を覗き込んでみるが、その表情は自信満々になっているが、顔は赤く、何より少し俺から視線を外していた。

「そーよ。早く」

「……本当にやるのか？」

「……な、なに？　だめなわけ？」

「お前は、ほんとーに俺にやって欲しいのか？」

渡された容器を顔の前に持ってきて、諭すようにゆっくり重々しく言うと、浅田はだんだんと落ち着きをなくしていき、慌てたように周囲に視線を彷徨わせ、しまいにはバッと俺の持っていた容器を奪い取った。

「や、やっぱいい！　ゆずー！　これお願い！」

そして俺から奪い取ったサンオイルを片手に、少し離れた場所で見ていた北原のところへと逃げていった。

「はあ……開始からこれかよ。動くのはわかっちゃいたが……やりすぎじゃねえか？」

「夏の魔力」

誰に言うでもなくひとりごちた言葉に、近くにいた安倍が反応した。

安倍の言った〝魔力〟というのは、魔法にかけられたとかではなく、夏は大胆になるとかそんな感じのアレだろう。

だが、魔力ねぇ。実際に魔力がある世界になったってのに、そう言うのは正しいのか？　まあどっちでもいいけど。

「で、お前はあっちに交ざんなくていいのか？」

「平気。熱には強い」

安倍は炎使いだし、熱にある程度の耐性がある。

それが日光まで効果あるもんだとは知らなかったが、そうなんだと言われれば納得はできるな。

……ってか待て。よく見るとこいつ、自分だけ魔法を使って守ってやがる。なんて無駄に器用なことをしてんだ……。

「熱に強いって、それズルくないか？」

「日頃の訓練の成果」

努力で身につけたことだからズルではないってか？

確かに、技術がなけりゃあそんなに綺麗で静かに熱耐性をつけることなんてできなかっただろうけどさぁ。

技術の無駄遣い（むだづか）とは言わねえけど、なんだかなぁって感じがしてしまう。

「そもそも、柚子（ゆず）に治して貰（もら）えばいい」

「あー、そういやあ日焼けは火傷（やけど）判定か。なら確かに治せるか」

普段（ふだん）そういうことで魔法を考えたことがなかったから思いつかなかったな。

これが日焼けじゃなくてマグマの熱から守るためとかだったら考えたことがあるんだけどな。

でもそうか、日焼けは治せるのか。なら、浅田の持ってたサンオイルだか日焼け止めだかは要（い）らなくねえか？

いやまあ、効果が違うのかもしれないけど、どうせあとで治癒（ちゆ）をかけられるんだからそんな違いなんて無駄になるだろうし。

「っつーかそれ教えてやんないのか？」

「佳奈はアレでいい」

「……そうか」

「そう」

　そんなふうに安倍と二人で話していると、北原と浅田の二人と話していたはずの宮野がこっちに来た。

「水着のこと、褒めてくれてありがとうございます」

　どうやら宮野は、俺が着替える前に去り際に言った言葉に礼を言いに来たらしい。

「忘れてた。ありがと」

「ああ。まあそんな礼を言われることでもないだろ」

　宮野に便乗して安倍も礼の言葉を言うとともに頭を下げてきたが、そこまでのことではないと思う。

　それに、俺としては礼なんていらないから、むしろあの時のことはさっさと忘れて欲しい。あれでも言っていて恥ずかしかったんだからな。

　だが俺の言葉を聞いた宮野は、困ったような疲れたような、そんな微妙な顔をしながら笑っている。

「いえ、それが、そうでもないと言うか……」

「何かあったのか?」

「何か……ええ、まあ。ありました。色々と……」

「すごく色々あった」

俺の言葉に答えた宮野は、顔だけではなく声からも疲れた様子が感じ取れた。

ただ、宮野だけではなく安倍も普段とは違って顔に出しているんだが、その様子はどことなく楽しそうだ。……何があった？

「あー、なにが、ってのは聞いてもいいのか？」

二人……というよりもこいつらに何があったのか気になるが、それは踏み込んでもいいものか分からないので一旦軽く尋ねることにした。

女子高生の悩みにズケズケと突っ込んでいくわけにはいかないからな。

だが、こいつらがこんな様子になっている問題そのものは話しても平気な類だったようで、安倍は頷くとすんなり話し始めた。

「佳奈が、今日のために水着を買いに行こって」

なるほど？　まあ内容自体はよくあるっつーか、普通のことだな。問題となるようなこともないし、何かあるとしたらその内容か。でも、買い物でそんな疲れるようなことがあるもんかね？

何かあるとしたら、考えられるのは浅田が主導だったせいで、ってところだな。というかそれ以外になんかおかしなことが起こる要素が見当たらない。

と、思っていると、安倍の言葉を補足するように宮野が緩く首を振って話し始めた。

「どんなものがいいか。コレとアレはどっちがいいのか。それくらいならまだ普通だったんですけど、次第におかしな方に行って、最後の方はひ、紐みたいな、もう水着じゃないでしょ、っていうようなやつを選びそうになって……止めるの、大変でした」

「しかも、自分だけじゃなくて四人」

紐……ひも……そうかぁ。たいへんだったんだなぁ。というか、そんなもんが店で売ってたんだなぁ。

「あー、まあ……お疲れさん。そんなん買われなくてよかったよ」

宮野がいなくて浅田一人で買いに行ってたら、本当にそんなもんを買ってきたかもしれない。

それも浅田だけじゃなくて宮野達他の三人の分も。

もしそんな格好で本当に来てたんだったら、一緒にいる俺がやばかった。色んな意味でな。

だから、そう考えると俺はこいつに感謝してもいいかもしれないな。いや、感謝するべきだろう。

言葉だけじゃなく、後でなんか奢ってやるべきじゃ――。

「えっと、まあ……そうですね？」

だが、そこまで考えたところで宮野からの返事が帰ってきたのだが、宮野は何かを隠すように視線を逸らした。

ついでに言うなら、言葉もなんだかはっきりしないような、不確かな感じがした。

「……なんで疑問系？」

「ま、まあいいじゃないですか！　それより、ほら、佳奈達も終わりみたいですし、遊びましょう！」

なんだと思って聞いてみたのだが、普段の宮野にはないくらい強引に話を逸らされ、宮野は浅田達の方へと逃げるように歩いていった。

「なんなんだ？」

「水着は買ったから」

怪しいことは分かるのだが、それが何故なのかわけがわからず、宮野の背を見ながら思わず呟いてしまった。

だがその言葉に、宮野とは違って普段通りの声で安倍が答えた。

しかし、そんなのは聞かなくても分かる。何せこうして四人ともが水着に着替えて海に来ているんだから。

「あ?　そりゃあまあ、そうなんだろうな。今着てるわけだし」

「違う。そっちじゃなくて、紐の方」

首を横に振った安倍から返ってきたのは予想外の言葉だった。

「は?」

……なんだって?

ひも?　……紐?　……え?　紐をどうしたって?　買ったのか?

「……え?　買ったのか?　止めたって言ってなかったか?」

「今着るのは止めた。けど、買うには買った」

……じゃあ何か?　あいつら、というかこいつら、ここには着て来ていないだけで、全員が紐水着を買ったのか?　……なにゆえ?

さっきの安倍が言ってた「自分だけじゃなくて四人」って言葉は、『四人分の紐水着を買おうとしてた』、じゃなくて、『四人とも紐水着を着させようとしてた』って意味かよ。

「なに買ってんだよ……。なんで買ってんだよ……」

俺はなんと言っていいかわからないせいで微妙な表情をしていると自覚しながらも、安倍に問いかける。まじでなんでこいつら紐水着なんて買ってんだよ。

「佳奈が呼んでる」

だが安倍は、一旦俺の顔を見ると、フッと小さく笑ってから視線を逸らし、浅田達の元へと進んでいった。

……俺は、これでもあいつらから向けられる感情についてはある程度は自覚してんだ。

特に浅田な。あいつはわかりやすいほどわかりやすくアピールしてくるし、わからないわけがない。

それは安倍も同じだが、あいつはどこからどこまでが本気なのかわかりづらい。

まあ、使う魔法の属性が炎ってことを考えれば、その属性を得やすい性格、性質の傾向からして八、九割程度は本気だと思うが。

宮野も、それなりには……勘違いや自惚れでなければ恋愛感情もそれなりに持たれてるだろう。

じゃないと、仲間内で決まったこととはいえ、わざわざこんな風に一緒に海で遊ぼうだなんて誘ってきたりしないだろうしな。

北原は自分を隠して前に出てこないのでよくわからないが、それでも嫌われてはいないと思う。

だが、それでもなぁ……。

とそこまで考えて大きくため息を吐き出した。

っつーかこれ、後でそっちの水着を見せるとか言い出さないよな？　……言い出したらどうしよう？

「伊上さん、行きますよー！」

「浩介なにしてんのよ！　あんたも遊ぶんだってば！」

宮野と浅田の声に反応してそっちに顔を向けると、その先では水着姿の宮野達が待っていて、俺はもう一度ため息を吐き出してから宮野達の元へと歩き出した。

「だいぶ遊んだな」

「まだまだ疲れてませんけどね」

「流石は特級覚醒者。基礎体力が俺とは違うな」

時間としてはつい先ほど二時を回ったところだが、打ち合わせが終わった後から遊び通しだったので結構な時間遊んだことになる。今は小腹が空いたので海の家で適当にあれやこれやと買い漁り食べている最中だ。

「なんかこういう場所の焼きそばとかって、クオリティ低いのか高いのかよくわかんないよね～」

「微妙だけど美味しい」

「うん。海の家ならではの味って言うのかな？」

が、一つ言っておくがこれは昼飯ではない。昼は昼ですでに別に食べたのだ。強いて言うならこれはおやつだろうか？　おやつにしては時間が半端だし、見た目も相応しくない気もするが、海の家であればそんなものだろう。

「それにしても、人がたくさんいますね」

「まあ、それがメインの収入源だろうからな」

俺達が泊まっているホテルだが、あの立地だとやはり冬よりも夏……つまりは海を目的としてくる客がメインだろう。あんな豪華なホテルを建てるほどなのだから、それなりに人が来ることは容易に想像できる。

「こういう場所って冬とかはどうしてんの？　ホテルはいいとしても、海の家とか、お客さんがいないと赤字でしょ？」

そういえば、これまで気にしたことはなかったが、冬の海で営業してる海の家とか見たことなかった気がするな。

「さあな。俺に聞くなよ。まあ普通に別の仕事もしてるんじゃないか？　後はまあ、夏で

稼ぎまくって一年逃げ切るとかじゃないか?」

真っ当に考えればそういうことになるだろうな。冬に海の家なんてやっても人なんて入らないだろうし。

「これだけ人がいれば、逃げ切ることもできそうですよね」

「でも、人がいっぱいだと邪魔。明日は特にそう」

「う……そうだね。明日は、こんなに人がいる中でやるのかな……?」

「あー、確か避難勧告的なのを出すんでしょ? だったら大丈夫じゃない?」

昨日の説明の際に、客を気にせず思う存分戦うことができるよう、海岸を封鎖すると言っていた。この海岸をきれいに保つためか、実際に戦うのはここから少し離れた場所だが、それでも取り逃がしたモンスターが流れてこないとも限らないのでこちらの海岸も封鎖するのは妥当だろう。

もしかしたら、今日人が多いと感じるのもそのせいかもしれないな。明日からしばらくは海で遊べないから今日はたくさん遊んどけ、みたいな感じで客が詰めかけている可能性もあり得る。

だが、海で遊ぶ客はいなくなるだろうが、誰にも見られずに戦えるというわけではないと思う。

「それはそうだが、つっても見物人はいるだろうな」

海岸そのものは封鎖するとしても、その周辺までは封鎖することはできない。なんだったら俺達が泊まってるようなホテルの部屋から眺めることもできるし、双眼鏡なんかを用意してどっかの高台から見る奴もいるかもしれない。

そこまでやる奴がいるかは分からないが、まあ見られながら戦うことになるというのは覚悟しておくべきだろう。

「なら、人に見られながら戦うことになるんですね」

「そうだろうが、それは今更だろ。今後もそういうことは増えてくるだろうし、ここで慣れておかないと後で困るぞ」

どうせ高校を卒業して本格的に『勇者』として活動するようになれば、メディアへの露出も増えることになるし、それに伴って人々から注目されることになるだろう。今のうちに慣れておいて損はない。

「そうですけど……恥ずかしいですね」

「どうせ話しかけてくるわけでもないんだ。適当に流しておけば良いんだよ」

活躍しようが失敗しようが、誰も文句を言いにきたりはしない。文句を言いたいと不満を感じる者は出てくるかもしれないが、直接言いに来る覚悟なんてないんだ。そんなのはいないも同然なんだから気にする必要はない。

「っていうかさー、なんで今こんなことやるわけ？　こんなに人が入ってるんだったらやりづらくない？　万が一とかもあるし、もっと海開きする前とか、良い感じの時があったでしょ」

浅田の疑問はもっともなものだな。それに関しては説明はなかったが、まあその理由に思い当たるものがないわけでもない。

「モンスターの繁殖期に合わせて行われる事だもの。早すぎても意味がないんじゃないかしら？」

「後は、それ自体が一つのイベントになってんだろ。ここはモンスターがいる海です。でも倒したので安全です、ってな。そのイベントを見るために人が集まることもあるだろうよ。一般人にとって普段モンスターと戦う様子なんて見られる機会はそうそうないんだから、その戦いが見えるってのは人寄せとしちゃあ良いイベントだろ」

一般人からしてみれば、スポーツ観戦となんら変わらない娯楽の一つというわけだ。俺達に依頼をしてきた地元の商工会だって、そうやって人を呼んで依頼費を回収しようと考えているのかもしれない。実際のところはわからないけどな。

「じゃあ、あんなに自信があったのもそのせい？」

「自信？　……ああ、依頼人か。どうだろうな。まあ、失敗したら集まった客に怪我させることになるし、冒険者を雇ったとしても当たり外れがある。だったら自分達だけで完璧に倒せるように備える、ってのはあり得ない話じゃない」

　誰かに期待しないで自分達でできる限りのことをする、って考えればそれなりに好感が持てる考え方だと思う。モンスター相手じゃ失敗したら死に繋がる恐れがある。それを思うと、誰かを当てにした結果失敗するなんて馬鹿らしいからな。

「それよりも、こんな話してて良いのか？」

「え？」

「遊びに来たんだろ。だったら、きっちり気分を切り替えて遊んだ方がいいぞ。どうせ今更考えたって何かが変わるわけでもねえんだ。だったら、思い切り楽しんだ方が得だろ」

「そうですね。それじゃあ、遊びましょうか」

「オッケー！」

　色気のないおやつタイムを終えた宮野達は立ち上がり、何をするのか話しながら海の方へと進んでいったが、俺は座ったまま四人の姿を眺めている。

　別に、水着の女子高生の後ろ姿を見ていたい、なんて思いがあるわけじゃないが、いい加減休ませてほしいのだ。俺みたいなおっさんがこんなに遊びに付き合い続けるのはきつい。休んでもバチは当たらないだろ。

だが、そうしてボケッと眺めていると、俺がついてきていないことに気がついた宮野がこちらへと振り返ってきた。

「あれ？　伊上さんは、いかないんですか？」

「もう十分遊んだろ。おっさんには若者と交じって動き回るのは大変なんだよ」

「って言っても、あんただって普通の人より体力あるっしょ」

宮野に引き続き浅田達も戻ってきたが、普通よりは体力があるって言っても、所詮は常識の範囲内のものでしかなく、疲れることは疲れるのだ。

「あくまでも普通のやつよりは、ってだけだお前達にフルでついてくほどの体力はねえよ」

「えー、そんなこと言って休んでないでさー、一緒に遊ぼってばー。加減してあげるからさー」

俺を立たせようと手を取って引っ張る浅田。その力に逆らうことができず、逆らったとしてもみっともない形になるので渋々立ち上がった。

「遊ぼうって、なにしろと？　お前らに交じってビーチバレーでもしろってか？　加減されたとしてもキツいぞ」

「いいじゃん、あたしがペアやったげれば良い感じになるって」

仮にこいつと一緒のペアで戦ったとしても、宮野が相手になるってことだろ？　スパイクを喰らって反応しきれなかったら、俺は死ぬぞ？

「バレーが嫌ならサーフィンとかどうですか？」

宮野はサーフィンなんて言ってきたが、コイツらやったことがあるんだろうか？

「できんのかお前ら？」

「さあ？　やったことないし」

「そもそも、そういうのって許可されてんのか、ここ？」

サーフィンとかって、なんか許可とか必要そうなイメージだが、ここみたいな海水浴場でやってもいいもんなんだろうか？

「……どうでしょう？」

「だめじゃん」

「じゃあ泳ぐ？」

「あとは、バナナボート、とかかな？」

心なししょんぼりした顔の宮野に引き続き、安倍と北原もなにやら勧めてきたが、俺はここで休んでるだけでも十分なんだけどなぁ。

「なんでそんなに勧めんだって。おっさんには女子高生のテンションについてけねえよ」

「そんなおっさんくさいこと言わないでさー。あーそーぶーのー！」

「ガキかよ」

なんか海の話題になってからコイツがガキっぽくなった気がする。ボディタッチというか、肌の接触も増えた気がするし、やっぱこれも〝夏の魔力〟ってやつなのかね。

それだけ気を緩めて楽しんでるってことなのかもしれないが、対応するこっちとしては疲れる。

だがまあ、サーフィンか。やったことなかったし、それくらいならやってもよかったかも……ああいや。ミスってバカにされるのがオチだな。

まあ何度かやれば、覚醒者としての身体能力とか鍛えてきたバランス感覚とかでどうにかなりそうだけど。

……ってか、そもそもボードとか使わなくても、俺は波乗りのようなことはできたな。それの要領でやれば、サーフィンもそれなりにできるんじゃないだろうか？

「ん？」

「？　どうかしましたか？」

「いや……」

あー、そうだな。必要になるとも思えないが、波乗りの方法を教えるだけ教えておくか？

こいつらは使えなくても、相手が使ってきた時に驚かなくて済むかもしれないし。

「……はあ。分かった分かった」

どうせこのまま遊ぶのを拒否ったところで強引に参加させられるだろうし、それだったらまだ肉体的な疲労が少ない方を選ぶべきだろう。こいつらのためにもなるし、ちょうどいい。まあ、遊びに来たのに修行っぽくなるが、本格的にやるわけじゃないから遊びの範疇として考えてもいいだろ。

「ちょっとついてこい。いいこと教えてやる」

そう考えて立ち上がると、荷物に盗難防止用の結界魔法具を起動して歩き出した。だが、その方向は正面にある他の人達も泳いでいる海ではない。

いや、海であることに変わりはないんだけど、ちょっと外れた場所を目指してる。

「ちょっと、どこ行ってんの？」

これからやることを周りに人がいるところでやるとちょっと迷惑になりそうだし、少し離れた場所の方がいいだろう。

……あの辺でいいか。少し岩場になってるから人はあまり近寄ってこないみたいだし、ちょうどいい。

「あ、あんた、こんなところに連れてきてなにするつもり？」

「なにって、そんなの決まってんだろ」

そうしていい感じだと思った場所に着くと、浅田がなんだか少し変わった感じの腕組み(うでぐ)をして、なんと言っていいのかわからないような微妙な表情をして俺を睨(にら)んでいた。

コイツはなにをしてるんだ？

よくみると、浅田だけではなく宮野達もなんだか少し様子がおかしいか？

……まあ、熱中症(ねっちゅうしょう)なんかで倒れるような感じではないし、放置でいいだろう。

「遊ぶんだろ？　サーフィンはやったことないからわからないが、少し面白(おもしろ)い遊び方があるぞ」

俺は後ろをついてきた宮野達に話しかけながら岩の上に立つと、そこから海へと一歩踏み出した。

「「「「っ⁉」」」」

「どうだ？」

だが、俺の体は沈(しず)むことなく海の上に立っている。

「伊上さん、それどうやってるんですか？」

「足元の水を操(あやつ)って踏んでるんだよ。常に操作し続けないといけないから精神的にはそれなりに疲れるが、魔力(まりょく)はそんなに使わないから結構長めに維持(いじ)できそうだ」

魔法使いというのは、自身が扱う属性の現象……炎使いなら炎、水使いなら水に触れることができる。炎でも水でも、風でも雷でもなんでもいいが、自身の属性であれば形がないものに触れて掴むことだってできるのだ。そのやり方を知っていれば、水を踏むこともできる。

なんだったら、自分の属性じゃなくてもできる場合もある。そのあたりは魔法使いとしての才能の差というか、単純に魔力量の差によるもので変わってくるのだが。

尤も、どっちにしてもできるようになるにはそれなりの訓練が必要になるけどな。

「そんなに複雑なことやってるわけじゃないし、多分水に適性がないお前達でも、短時間ならできるんじゃないか？　魔法使いとしてのランクは俺よりも上なんだし」

まあ、複雑じゃないからっていっても、簡単ってわけじゃないけど。

「な、なんだ……悩んで損した気分……」

「遊ぶって言ったのはお前だろうに、なにを悩む必要があるんだよ」

「そ、それは……その……。だって、こんなとこだし……」

「こんなとこ？　…………………ああ」

周りを見てみればここは岩場で、周囲には人の姿がなかった。

そういう場所を選んで俺が連れてきたんだから当然だ。

だが、ちょっとよく考えてみろ。『人気のない岩場に、男が女を連れ込んだ』。さっきまでの俺達（おれたち）の構図としてはこんな感じだ。

つまり浅田は、〝そういうこと〟を期待したんじゃないだろうか？　……むっつり娘（むすめ）め。

だが、なんだな。これは、何か言ったほうがいいんだろうか？

……いや、やめておこう。言ったらそれはそれで藪蛇（やぶへび）になりそうだし。というか絶対になる。

なんて聞けばいいかわからないし、なんて返されても困るに決まってる。

だからここは無視するのが一番いいだろう。

「まあ、なんだ。……遊べ」

それだけ言うと、俺は水の上を歩くのではなく滑（すべ）ってその場を離れた。

「あ、ちょっ！　あたしそれできないんだけど！　あたしだけ仲間外れじゃん！」

俺が離れるのをみるや否（いな）や、浅田が俺に向かって不満を叫（さけ）んだ。

そういやあ、俺達の中でコイツだけ魔法が使えないんだよな。

適性属性云々（うんぬん）以前に、魔法が使えなきゃどうしようもない。

「お前は……水の上でも走ってたらどうだ？」

「水の上って……そ、それ、片足が沈む前に逆の足を、ってやつ？　できんのそんなの？」

「できんじゃねえか？　知らねえけど」

　まださっきまで変な妄想(もうそう)をしていた恥(は)ずかしさが残っているからか微妙に吃(ども)っているが、それでも質問自体はいつも通り普通のものに戻っている。

「確か水の上を走るトカゲってのがいたはずだし、時速二百キロくらいで足を踏み出せば歩けんじゃねえのか？」

　バシリスクっていう、なんか睨まれたら石になりそうなやつと似た名前のトカゲだったはず。

　まあそれで本当に人間が水上を歩けるようになるのか分からんけどな。

「二百キロかぁー……ちょっとやってみよっかな？」

　常人ではとてもではないができるはずもないことをたやすく言ってのけるが、まあ浅田ならできるだろうな、それくらいなら。

「ぶわっ！　ちょっ、待てっ、てめっ！」

「きゃあっ！」

「むうっ」

「か、佳奈ちゃ――」

　そうして浅田は俺と同じように岩場の上に立って実行したのだが、時速二百キロのものが水にぶつかったら、当然ながら水飛沫が上がる。

岩場から少し離れた場所に立っていた俺も、水の上に立とうと頑張っていた宮野達も、等しく浅田が発生させた水飛沫に飲まれた。

「あははははっ！　意外とでき――わぶっ！」

盛大に水飛沫を上げながら水の上を走っていた浅田は、笑ったせいか足をもつれさせて顔面から海へと落ちていった。

その後、宮野達に怒られながらも、最後には普通に遊び、そうしているうちに時間は過ぎていった。

「はあああ～。遊んだ遊んだ～」
今は夏なのでまだ日が落ちているわけではないが、もうそろそろいい時間になる。
そのため、今日の遊びは切り上げてホテルに帰ることにしたのだが、確かに今日は浅田の言うようにだいぶ遊んだと言っていいだろう。後半は水の上を歩く訓練をしたり、一人だけ同じように訓練することができない浅田を抱いて海の上を歩いたり、それを見た他の三人にも同じようなことをすることになったりと、どうしてこんなことしてんだろうと思うようなこともあったが、概ね満足してもらえただろう。

「こんなに気兼ねなく遊んだのは久しぶりね」

「疲れたけど、楽しかった」

「うん。また来年、みんなで遊びに来られるといいね」

「その時はここじゃないかもしれないけど、そうね。来年じゃなくても、冬休みにまたどこかに出かけるっていうのも、アリかもしれないわね」

「おー、それいいじゃん！　その時までにどこ行くか考えとかないと」

来年か……。それも悪くないかもしれないと思ってしまっている。

仕事としてこいつらが卒業するまで辞められないってことも関係してるんだろうが、今ではあまりこいつらから離れようとは思わなくなってきている。もちろんずっと一緒にいるわけでもないし、ずっと一緒にいたいと思っているわけでもない。

ただ、少しだけ、いつか離れることになる日が来ることを惜しんでいる自分がいるのだ。

元々は強引にチームに入れられ、その後はどうにかしてチームを抜けることができないかと考えていたというのに、我ながら随分と変わったもんだな。

まあ、いつか来る別れを悲観したところで意味なんてない。それよりも、大事なのは今に目を向けること。具体的に言えば、明日から始まる討伐作戦を成功させるために気を引き締めないとだ。何せ、慣れているとはいえ相手はモンスター。絶対なんて存在せず、何が起こるかわからないのだから。

「楽しんだならいいが、明日は仕事だってこと忘れんなよ。疲労自体は大したことないだろうが、それでも油断して調子を崩すことがないようにしとけ」

「分かってるってば。大丈夫大丈夫」

本当に分かっているんだろうか？

そう問おうと思ったのだが、四人で楽しげに笑い合う姿を見て止めた。

……まあ、こいつらなら大丈夫だろ。今更言わなくても、こいつらならちゃんと分かってるはずだ。今は遊びで気が緩んでいても、仕事となれば気を引き締めるだろう。

それに、もし作戦前に気が緩んでいるようなら、その時にあらためて俺から注意すればいいだけのことだ。何せ、俺はまだこいつらと同じチームなのだから。だから、一緒に行動していられる今の内くらいは、少しくらい甘やかしてもいいだろう。

楽しげに話している四人の後ろ姿を見ながらそんなことを考えていたが、一度軽く息を吐き出してその後を追っていった。

三章　討伐作戦開始

「――それでは今より一時間後に結界を解除し、モンスターの誘導を始める！　各自装備の点検や準備運動などを終わらせておくように！」

　翌日。朝から装備を整えて海岸へと集まった俺達だが、そこには冒険者達と依頼人の他に見知らぬ人間がかなりいた。おそらくこいつらが噂の有志団なのだろう。

「ようやく始まりますね」

「やっぱ結構人がいるっぽいわねー」

「写真も撮ってる」

「うう……少し恥ずかしいかも……」

　ただ、海岸そのものは封鎖されて一般客の出入りがないのだが、やはりと言うべきか規制線の外側にはカメラを構えた一般客が集まっていた。なんだかちゃんとした看板や交通整理もいるみたいだし、どうやらこの〝お祭り〟は割と知られているイベントのようだ。

　おそらくだが、これを見るためだけにきている客もいるんじゃないだろうか？

俺からしてみれば、モンスターと戦うところなんて見ていてそんなに楽しいもんかとも思うが、モンスターに接する機会がない一般人からしてみれば楽しいイベントなんだろうな。

「まあ、気にするな。どうせ気にしたところで写真を撮ろうとする奴はいなくならないし、もし公開なんかされてそれが嫌だったら差し止めをすることだってできる。なんだったら裁判を起こすこともできるぞ」

通常であれば肖像権の侵害で裁判を起こしても、絶対に勝てると言うわけでもない。だが、宮野は『勇者』だ。そんな宮野の機嫌を損ねないために、その程度のことであれば便宜を図ってくれるはずだ。なので、こいつらは普通ならどっちに転ぶかわからない裁判であれば、絶対に勝ちを拾えるのだ。

「え、えっと、流石にそこまでは……」

「だが、嫌なことは嫌だと言わないと調子に乗って悪化することになるぞ。そこだけは気をつけておけ」

なんて注意のような助言のような何かを言っていると、依頼人とその専属の冒険者チームが用意されていた壇上に登った。その手にはメガホンがあるので何か言うつもりなのだろうが、おそらく、というか考えるまでもなくこれから始まるのだろう。

「――全員注目！　これより結界の解除を行う！　例年通りに動けばなんの問題もなく終わるだろう。少しのミスがあってもカバーすることはできる。だから焦らずに行動していけ。それでは始める。結界を解除しろ！」

依頼人の言葉を受けて有志団が動き出し、しばらくしてから周囲の空気が変わったように感じた。おそらく、今のでモンスターを寄せ付けなかった結界が消えたのだろう。

「お前ら、十分気をつけてやれよ」

「はい。油断なんてするつもりはありません」

念の為に、と思って声をかけたのだが、宮野は真剣な表情で頷いた。他の三人も油断なんて一切ない様子でそれぞれ武器を構え、海だけを見据えている。

……どうやら、昨日感じたのは杞憂ってやつだったようだ。目の前にいる宮野達四人は、もう駆け出しのような雰囲気などどこにもなく、一人前といってもいい貫禄すら感じられた。

今まで命の危機に何度も陥ったことがあるからこそなのだろうが、その危機が結果的に四人にとってはいい経験となったようだ。

「続いて誘引剤の散布！　始め！」

結界が解除された後に再び有志団が動き出し、ポリタンクに入ったなんらかの赤い液体をドボドボと海に流し込んでいった。

　そんな赤い色をした液体を流し込んだら海が汚れるのではないかと思ったが、どうやらそういうこともないらしい。流し込んだ赤い色の液体は海に溶け、わずかに海の色が濁りこそしたがすぐに元通りの色へと戻っていった。

　まあそうか。ここは一般客が遊ぶようなビーチからから少し離れているとはいえ海は繋がっているのだ。色が残るような液体を流して海が汚れれば、ビーチに来る客は減るだろうし、最悪の場合封鎖もあり得る。そうなってはモンスターを倒したところで客足が遠のくことになり、本末転倒となってしまう。それを避けるためにも、海の状態というのは大事なものだろう。

「来たな」

　しかし、海の色は変わらなかったが、その効果は絶大だった。

　赤い液体を流し込んでから数分ほどすると、なんだか海が不自然に波立ち始めた。

「総員迎撃用意！」

　中野の指示を受けて関係者達の間に緊張が走る。それを感じ取ったのか、先ほどまでは騒いでいた観客達も静まり返り、今では風と波の音だけが聞こえてくる。

　そして——。

「放て！」

海面をバシャバシャと乱しながら暴れるモンスター達に向かって一斉に銛が射出された。まるで水面に餌を落とされ、それを食べる鯉のように暴れているモンスター達は、放たれた銛を避けることをせず貫かれ、銛についていたロープが巻き上げられることで見事に釣られていく。

釣り上げられたモンスターは、なんだかエイリアンのような見た目をした魚だった。確か、ワラスボという魚があんな見た目をしていたはずだ。ただし、実際の魚と違うところもある。まずはそのサイズだ。普通の魚とは違い、だいぶ巨大化している。

それからもう一つ。腹にあるヒレを器用に使い、陸だというのに立っているのだ。しかも立つだけではなくヒレを使って歩いている姿を見れば、普通の魚だとは思えない。

一応銛とロープで動きは鈍っているがそれでも高さ一メートルを超える魚が陸で歩いているのは恐ろしい。

流石はモンスターといったところか。胴体や頭を貫かれているにも関わらず、いまだに暴れている。普通の魚でも胴体に穴が開いてもしばらくは生きているだろうが、流石に頭に大穴を開けられれば死ぬはずだ。だが、今釣り上げられたモンスターはあのままでは死ぬ気配がないようにすら思える。

しかし、それで構わなかった。

「それじゃあ、行くわよ！」

宮野達は釣り上げられたモンスターを見るなり動き出し、自分達から近い位置にいるモンスターのところへと走り出した。

「冒険者は釣り上げたモンスターの処理を急げ！　有志団は怪我をしないように冒険者が確実に仕留めてから近寄れ！」

そうして、俺を含めて宮野達以外のまだ動いていなかった冒険者達も一斉に動き出し、有志団が釣り上げたモンスターを順番に処理していった。

戦い……とも呼べないような作業を始めてから数時間が経過し、一旦モンスターの動きも止まったことで昼食のために休憩を取ることとなった。

「正直言って、随分と拍子抜けというか、簡単ですね」

「それだけ慣れてるってことだろ」

「慣れてるんでもなんでもいいけど、なんにしても楽なのはいいことっしょ」

浅田は気楽そうな様子で言っているし、その意見には俺も賛成だが……ただ、そろそろ何かが起こってもおかしくないとは思っている。人は、単調な作業を繰り返す中で集中力を発揮し続けることはできないからな。

いつかどこかで必ずその集中が途切れる事になる。それはたとえ休憩を入れていたとしてもだ。休憩を入れていれば破綻するまでの時間を延ばすことはできるが、だからといって永遠に引き延ばし続けることはできない。

「うおっ⁉　くそがっ！　このやろうっ！」

それを証明するように、討伐を再開し始めてから一時間ほど経った頃、ついにこれまで行っていた作業の流れが崩れることとなった。

俺達の近くで戦っていた冒険者チームのメンバーが、銛で貫かれてもまだ生きていたモンスターに噛み付かれたようだ。

その叫びに反応してそちらへと視線を向ければ、脇腹を噛み付かれた状態の男性冒険者がいた。どうやらしっかりと歯が食い込んで離れないようで、いまだに噛み付かれたままだ。せめてもの救いは、噛み付かれただけで肉が食いちぎられたというわけではないことか。

「っ！」

「……怪我、したみたいね」

「気が緩んでた」

「そうね。これだけ単調な作業だと、どうしても仕方ない面はあるでしょうけど、気をつけましょう」

「そーね。これで怪我してもつまんないし、どうせあたしらだけでやるんだったら完璧に終わらせたいしね。ここらでいっちょ気合いを入れ直そっか！」

「でも、佳奈ちゃん。明日もあるんだから、あんまり張り切りすぎないでね」

「分かってるってば、もー。柚子は心配しょうねー」

宮野達も今の光景を見ていたようで、若干討伐のスピードを落としながらも先ほどまでよりも真剣な様子で討伐を続けた。

精々俺も気をつけるとしよう。今の冒険者はすでに噛みついたモンスターを殺して治療を受けたが、噛み付かれたのが俺だったらもう腹が抉られてたかもしれない。敵がいつもよりも弱く感じるからといって油断していい理由にはならない。

最近は宮野達と一緒に行動していたおかげで、イレギュラー以外では苦戦らしい苦戦をしなかったからか少し調子に乗っていたようだ。

俺にとっては、どんな敵であろうとモンスターというだけで等しく強敵なのだ。そのことを忘れてはならない。

「そろそろ敵の襲撃が収まってきたな」

まだ日暮れには時間があるが、それでももう五時を過ぎている。途中から誘引剤を撒くのを止めたことも理由だろうが、これだけやっていれば流石に敵の数も減ったのだろう。

今では目に見える範囲のモンスターの数が明らかに少なくなっていた。

「結界起動！　総員現在残っているモンスターを全て排除せよ！」

まだ終わらないのだろうか、と考えていると、全体指揮を務めている中野からそう告げられた。どうやら今日はここまでのようだ。

「はあ～。つっかれたああ～」

「強さはそこそこだったけど、とにかく数が多かったわね」

結界が起動されてから結界内に残っていたモンスターを処理すること三十分。ようやく終了の宣言がされたことで宮野達は警戒を解き、緊張をほぐすように息を吐き出した。

もしかしたらまだ結界内にモンスターが残っているかもしれないが、それは明日もモンスターを倒すのだからその時になって一緒に片付ければ大丈夫だと判断されて放っておかれることになった。

「お疲れさん。今日の作業は無事に終わったみたいだな」

「はい。この調子なら明日と明後日も問題なく終わることができそうです」

そうだな。今日のこいつらの動きを見ている限りだとこのままの状況が続くようなら問題ないし、他のチームの動きもそれほど悪くなかった。途中で何度か攻撃を受けている者達も見えたが、それは不慣れと油断からくる失敗だろう。明日になれば調整してくるはずだ。そうなれば、より一層安全に討伐作業ができることになる。

「瑞樹、気をつけて。コースケがいる以上イレギュラーが起こるかも」

安堵した様子を見せている宮野に、安倍が注意を促したが、それは流石に失礼ってもんじゃないか？

「おい、なんで俺がいるからってそうなるんだよ」

「まあ、あんたは散々遭遇してるからでしょ。あたしらだって普通じゃありえないくらいの頻度で遭遇してるし」

安倍の言葉に浅田も乗ってきたが、その言葉はとても否定しづらく、言葉に詰まってしまう。

いや、まあ俺自身、俺に何かあるんじゃないかとは思っているが、それでも以前まではこれほど頻繁に遭遇したというわけではないぞ？　もしかしたら俺以外の何か別の要因がある可能性もあり得るだろ。

「もしかしたら『勇者』に惹かれてやってきてるのかもしれないぞ」

考えられる要因としては何か、と考えた場合、真っ先に思いつくのが『勇者』という特殊な存在だ。宮野の持っている強大な力がなんか知らないけどどういうわけか何かに作用してゲートを呼び寄せている可能性はある。

実際、佐伯さんからは冒険者の存在によってゲートが発生している可能性がある、とは言われている。『勇者』と呼ばれるほどの力が影響していてもおかしくはない。

では、なぜ三級でしかないはずの俺ばかりおかしな出来事に巻き込まれるのだ、と言いたくなるが、そこら辺はまたなんか別の原因があるんだろう。

「いやいや、ないっしょ。だって、それだったらあんたと会う前にも瑞樹のそばにゲートができてるはずだし。そんな事なかったでしょ？」

「え、ええ。そうね……そういうことは、なかったわね」

宮野は俺に遠慮してか、一瞬戸惑ったような反応を見せたが……そういう慮るような反応がダメージとなる時もあるんだぞ。

「でしょー？　だったらこいつが原因だって」

「なんだ。じゃあ俺は今から帰った方がいいのか？」

　俺がいるからおかしなことが起こると言うのなら、今からでも帰ってやろうかと思わなくもない。実際はそんなことするつもりはないが。

「大丈夫です。イレギュラーが出たとしても、私達が倒してみせますから」

　確かに宮野達なら、今の万全の状態であればイレギュラーが発生したとしても倒すことはできるかもしれない。だが、それは俺の教えたことではない。

「……そりゃあ頼もしい限りだな。だが、分かってるとは思うがお前達が優先すべきは……」

「敵の処理よりも自分の命」

　調子に乗っているようであれば改めて注意しておいた方がいいかもしれないと思ったのだが、言うまでもなかったようだ。

「……分かってんならいい。勢いに乗るのはいいが、調子には乗るなよ」

　そうして途中で雑談を挟みながら倒したモンスターの後始末を行っていき、その日の作業は終了となった。

◆◇◆◇

宮野達との探索を終えた後、その後は特に何をするでもなくホテルへと戻っていったわけだが、現在は夜のいい時間になっていることもあり部屋で一人のんびりとしていた。

「ふう……こんなところに来るんだったら、もっとなんでもない用事で来たかったもんだな」

それこそ、依頼なんかではなく本当に遊びに来る目的だけで来られれば良かったなと思う。言ったところで仕方のないことではあるし、こんな依頼でもなければそもそもこんなホテルに泊まりにこようとは思わなかっただろうが。

「今の所の異常はなし。敵も数が多いだけで二級相当の脅威度しかいない。過去の討伐数と見比べれば、このままいけば予定通り明後日には終わることになるだろうな」

今回のモンスター達は、ランクで言えば一級の敵である。だがそれは、環境を考慮された上での評価だ。海の中で戦えば一級のモンスターの群れに襲われることになるのだろうが、あいにくとこちらはまともに海の中で戦うつもりはない。水棲のモンスターを強引に陸に引き上げていることを考えると、二級相当の力しかないモンスターだと言ってもいいだろう。銛とロープで拘束されていることも考えれば、三級の方が強いかもしれない。

そんな敵を相手にしているだけであれば、なるほど。有志団なんて一般人が参加しているのは納得だ。やり方さえ考えれば、今日のようにうまく対応することはできるのだから。

しかし、相手が弱いのはそれはそれでありがたいことではあるんだが、思っていたよりもモンスター達の勢いがなかったな。

いや、たくさんいることは確かなのだし、中にはこちらが釣り上げる前に跳ねて陸まで来たやつもいた。あわや有志団達に襲いかかりそうになったやつもいた。だからそれはそれで脅威ではある。

だが、やはり本来海中で暮らす存在が無理矢理陸に引き摺り出されたからなのだろう。大した抵抗なく片付けることができている。

もちろん、こうも簡単に倒すことができているのは、これまで試行錯誤を繰り返してきた地元の者達の努力があってのことだが。でなければこれほど楽に、効率的に敵を片付けることはできなかったと思う。だが、それにしても楽すぎる気がする。……いや、これが普通か？　普段がおかしなことが起こりすぎているだけで、こうやって計画を立ててその通りに事が進むのが普通なのだろうか。

確かに、俺だっていつもおかしな事が起こったわけではない。基本的には計画通りに実行する事ができていた。普段宮野達とダンジョンに潜る時だって、何か起こったわけではなく順当にことを運ぶ事ができていた。

だが、なんというか、今回みたいな大きなイベントのような状況では大抵何かが起こってきた。それを考えると、今回も最後まで油断すべきではないだろうな。

「？」

改めて気を引き締めていると、部屋のドアが叩かれる音がした。誰か来たのか？　だが、こんな時間にやってくる人物に思い当たる者はいない。もう少し早ければ他の冒険者チームが何か話に来たのでは、と考えることもできたが、今は夜の十時。明日も朝から行動を始めることを考えると、何か話を持ってくるには遅い時間だ。

とりあえず確認してみないことには始まらないとドアから廊下を覗いたのだが、そこにいたのは宮野だった。なんでこんな時間に？　それに、こいつ一人なのか？

「なんだ、宮野。こんな時間になんか用か？」

なんでこっちに来たのか知らないが、何かあるにしてもとりあえず中に入れてからだと考えてドアを開き、声をかける。

「はい。あの、少しお話いいですか？」

「まあいいが……とりあえず入れ」

「ありがとうございます。失礼します」

宮野を部屋に招き入れてから、備え付けの椅子に座り、宮野には向かい側に座るように勧める。

「ホテルを自由に使っていいとは聞いてましたけど、まさかこんないい部屋だとは思いませんでした」

「そりゃあ俺もだな。ここ、スイートルームだぞ？　お前泊まったことあるか？」

「いえ、そもそもホテル自体初めてですし、やっぱり普通の部屋じゃなかったんですね」

「初めてって、修学旅行とかはどうだったんだ？　あれは泊まりだろ？」

「小中学校の時はどっちも和室でしたから」

「ほー。なら初めてのホテルがこんないい部屋でよかったじゃねえの」

「そうですね。でも、これを基準に考えてしまいそうで少し怖いです」

「ああ、そりゃああるかもな」

お互いに軽く笑みを浮かべながら言葉を交わしたが、会話はそこで途切れてしまった。

「「……」」

さてどうしたもんかな。宮野としても無駄に話がしたくてここに来たわけでもないだろうが、言わないってことは何か言いづらいことでもあるのだろう。なら、こっちから聞き出してやるべきか。

「……で、話ってなんだ？」

そう問いかけてやれば、宮野は一瞬だけビクリと体を揺らし、躊躇った様子を見せてから口を開いた。

「はい。……あの、生意気を言うようかもしれませんが、明日はできる限り伊上さんは手を出さないでいただけたらと思いまして……」

明日は手を出すなって……まあ、そりゃあ言いづらいことだろうな。何せ、安全を優先するっていう俺の教えてきたことに反すると言ってもいいことなのだから。

「……お前のことだから考えなしにそんなこと言ってるわけじゃないってのは分かるが、これはいつもみたいに自分達で選んでダンジョンを攻略するんじゃなく、〝依頼を受けて〟戦うんだってのは理解してるんだよな？　その上で任せろだなんて言った、その理由を聞かせてもらってもいいか？」

今回は依頼を受けてモンスターを退治しているのだから失敗するわけにはいかない。もちろんそういった意味でも、使えるはずの駒を使わずに戦う、なんてのは普通なら認められないことだ。

だがそれ以上に、依頼がどうしたとかを抜きにしても、こいつらが戦う相手は〝モンスター〟なのだ。どんな場所、どんな状況であったとしても、奴らは人類の敵であり、冒険者であっても油断すれば容易く殺されてしまうような化け物だ。

そんな奴らを相手にする方法を教えてきたわけだが、油断するな、侮るな、というのは毎回のように言っている。そんな言葉を無視する形になる。宮野に限って慢心している、調子に乗っている、ということはないだろうが、だがそうであればどうしてこんなことを言いにきたのかが分からない。何か理由があるのは間違いないだろうが、その理由はいったいどんなものなのか……。

「私は……できることなら伊上さんとはずっと一緒にやっていきたいと思っていますが、きっとそれは叶いませんよね?」

「まあ、そうだな。いつかは、というか、お前達が卒業すればそこまでだ。その後は『上』の判断がどうなるかわからないが、少なくとも今の状況では別れて行動することになるだろうな」

俺が宮野達について共に行動しているのは、あくまでも俺がこいつらの教導官という立場にいるからだ。だが、その教導官もこいつらが学生であるうちだけ。宮野達が学校を卒業すれば、その時は別のチームとしてそれぞれ別の道を進むことになる。

「ですから、私達は私達だけでどうにかできるようにならなければなりません。そのための経験として、今回の依頼はちょうどいいと考えました。今回の依頼は他にも雇われている人がいて、何年も同じことを繰り返してきたためにそのノウハウも蓄積されています。私達自体もさほど期待はされていませんし、失敗するつもりはありませんが、最悪の場合私達が何かミスをしても問題なく依頼は終わるでしょう。ですので、失敗してもなんとかすることができるうちに、自分達だけで仕事をこなす、という感覚を身につけておきたいんです」

こいつ、そんなことを考えていたのか……。

確かに、今は俺という補助輪がついているから何かあっても転ぶことなく進んでいられる。だが、その補助輪が外れた時に自力で進む事ができなければ、いくら勇者といえど転んでそのまま起き上がれないかもしれない。

だから助けてもらえる状況にいるうちに、擬似的に補助輪を外して失敗を覚悟で挑戦するというのは、アリといえばアリな話だ。だがなぁ……。

「……まあ、そうだな。ぶっちゃけて言うと、今回の依頼はお前達はオマケとして考えられている。もちろん依頼自体は普通のものだし、お前達も普通の冒険者として扱われているが、向こうの考え自体はそうじゃないはずだ。だから、失敗しても問題がないってのはそうだろうな。――だが、分かっているのか？　失敗して依頼自体に問題はなかったとしても、お前達には〝依頼を失敗した〟という汚点がつくことになるぞ」

　今はまだ学生であり、失敗したとしても謝れば済むことだ。だが、失敗したという事実は、いつまでたっても付き纏う。『勇者』として本格的に活動を開始したとしても、いつかその失敗を論ってくる者が出てくるかもしれない。

　それを考えると、たとえ失敗してもなんとかなる状況であっても、極力失敗しない安全な道を進んだ方がいいようにも思う。

「構いません。常に成功し続けることなんてできないのですから、いつかは失敗します。みんなの期待を背負って戦っている時に失敗して失望させるよりも、今のうちに失敗してそれを自分達の経験とすることができた方がよほど良いはずです」

　だが、宮野の決意は固いようで、眉を顰めながら宮野のことを見ていた俺をまっすぐ見返しながら答えた。

　この様子だと、きっと俺が何を言ったところで曲げるつもりはないんだろうな。仕方ない。こいつの考えに乗るとするか。

　そう決めてひとつ息を吐き出したが、ただ了承する前に一つ聞いておきたい事がある。

「……お前が良いなら俺としても構わないが、他の奴らには言ったのか？」

　宮野が一人で来たことが気になっていたのだ。確かに宮野はチームのリーダーであり、こういった話をするのであればリーダーがくるのが相応しいだろう。

だが、俺達は知らない仲でもないんだ。こんな話をすると分かっていれば、浅田のやつは一緒に来ると言ったことだろう。にもかかわらずここにいないということは、もしかして宮野は他の三人には何も言わずにこうして話をしに来たのではないだろうか？

「いえ。許可がいただけるようならその後に言おうかと思ってました」

そんな俺の考えを肯定するように、少しだけ眉を顰めて罰の悪そうな顔をした宮野が頷いた。だが、それではダメだ。

「そうか。ならそれはそれで構わないが、次からは四人で相談してから話をもってこい。後で相談するつもりだったにしても、仲間を無視して話を進めようとしたのは間違いないからな。黙っていられた方としては、良い気分じゃないかもしれないぞ」

たとえ正式に決まっていない話だったとしても、どう転ぶか分からない状況だとしても、チームのために考えた結果の行動なんだとしても、まずはチーム全体で話し合い、一つの意見にまとめなくてはならない。それを怠って独善的に決めていれば、いつかはチームが崩壊することにつながってしまうかもしれない。

「そう、ですね。はい。次からはそうします」

「それじゃあ、明日は好きにやってみろ」

「はい。ありがとうございます！」

部屋にやってきた時の真剣な表情とは違い、安心したようなどこか楽しげな表情を浮かべながら宮野は部屋を去っていって。

「……親離(おやばな)れって、こんな感じなのかねえ」

宮野は俺の子供というわけではないが、それでもこれまで教え続けてきたのだ。そんな教え子が、自分で考えて、自分の足で立とうとする姿を見ていると、妙(みょう)に感慨深(かんがいぶか)い思いが湧(わ)いてくる。

「どのくらい成長したのか、見せてもらうとするか」

そう呟(つぶや)いた俺の表情は、おそらく笑っていたことだろう。

翌日——討伐開始二日目の朝。どうやら宮野はちゃんと昨日の話を他の三人に通すことができたようで、朝会った時には浅田達はどこか挑戦的(ちょうせんてき)、というか挑戦的な表情を浮かべていた。

そして、討伐だけではなくその準備や作戦会議なんかもなんかも自分達だけでこなすつもりのようで、朝食の後に話し合いの時間を設けたのだが俺に何かを問いかけてくることはなかった。もちろん雑談なんかは話を振ってきたが、依頼に関することは一切聞いてこなかった。

　準備や作戦なんていっても、所詮は依頼人の有志団の方でほとんどが整えられていたので大したことはしないのだが、それでも自分達でやろうとしている、ということに変わりはない。

「あいつらも成長してんだな」

　ついそんな呟きを口にしてしまった。なんていうかな。子供が運動会で頑張ろうとしている時とか、行事の実行委員になってやる気になっているのを見る親ってこんな気分なんだろうか？

「――それでは討伐作戦二日目を開始します。皆さん準備をよろしくお願いします」

　なんてことを考えながら宮野達の様子を見ていたのだが、ついに時間となり、今日の討伐が始まることとなった。

「それじゃあお前ら、うまくやれよ。俺は本当にやばい状況……それこそ、イレギュラーでも出ない限り動かないからな」

　一応武装はしてあるが、少しのミスくらいでは俺は出て行かないつもりだ。怒られる時だって、宮野達だけで対処してもらう。まあ、謝罪が必要な場面では俺も出向くつもりだが、それほどのミスはこいつらならしないだろう。なので、今日は俺が動くことはないはずだ。

「じゃあ、今日もよろしく」

「……なんだその言葉は。それだと今日もイレギュラーに遭遇するような言葉じゃねえか」

ポン、と腕を叩かれながらの安倍の言葉に、思わず眉を顰めてしまった。だってそうだろう。今の安倍の言い様では、まるでイレギュラーに遭遇することが決まっているかのようではないか。

「しないの？」

「自分から進んで遭えるもんでもないだろ、イレギュラーなんて。俺だって、普段から遭遇しようと思って遭遇してるわけじゃねえし」

「驚愕の事実」

「このやろう」

冗談だとは分かっているが、普段とは違い少しだけ目を見開いて驚いた様子を見せた安倍にデコピンを返す。

「まあ、イレギュラーが出てもどうにかするから、あんたはドーンと構えてみてなさいって！」

「いや、流石にイレギュラーが出たら俺も動くぞ」

ただまあ、イレギュラーっていってもその厄介さや恐ろしさはピンキリだからな。弱い方であれば、少し様子を見つつ宮野達だけでやらせるのもいいかもしれない。

普段であればこんなことは考えないだろうが、今は迎撃する側であり、準備が整っていて人数も揃っている。加えて、相手は水棲のモンスターであるため、陸上ではその脅威度が下がる。だからこそ、こんなぬるいことを考えていられるのだろう。

「まあ、何もないと思いますが、よろしくお願いします」

「ああ。お前ら気をつけろよ」

宮野の言葉に頷き、送り出して俺は後方で待機する。

他の者達の様子を眺めながら待っていると、ついに今日もモンスター達がやってきたようで戦闘が始まった。

さて宮野達は問題ないか、と思って様子を見ていると、昨日まではそれぞれがバラバラに動いていたが、どうやら今回は安全を重視して二人一組となって処理に当たることにしたようだ。

宮野と安倍、浅田と北原に分かれて動き、基本的には前衛である宮野と浅田がモンスターの処理を行っており、安倍と北原の後衛は動かない。だが、動かないからと言って何もしていないわけではなく、前衛の二人に万が一何かあった場合に対応できるように、しっかりと魔法を待機させて二人が戦う様子を観察していた。

　これは俺という補助、保険がなくなり、安全を優先させなければならないと考えた結果だろう。

　その分処理速度は落ちるが、元々他のチーム達よりも速かったのだ。多少遅れたところで討伐予定が大きくずれることはないはずだ。

「なんだ。心配なんてする必要なかったな」

　そう口にしたが、これくらいできて当然だ、という思いもある。なんにしても、よくやってるな。宮野は自分達だけで活動することになった場合の練習だというようなことを言っていたが、これなら本当に俺がいなくなっても問題なくやっていくことができるだろう。

「――結界起動！　残っている敵を処理しろ！」

　そうして宮野達の戦い様を眺めていたのだが、俺が出張るような何かは起こることなく今日の討伐作戦も終わりを迎えた。

「伊上さん、どうでしたか！」

今日の討伐が終わって後処理も済み、この場は解散となったのだが、依頼人からのありがたいお話が終わるなり宮野が小走りでこちらに近づいてきた。

その後ろには他の三人もいるが、宮野達は多少の違いはあれど四人ともが自信を感じさせる表情をしていた。きっと、自分達でも上手くできたという思いがあるのだろう。

「ああ、良くやった。これなら学校を卒業した後に正式に冒険者として活動することになったとしても、問題なくやっていくことができるだろうよ」

「本当ですか？　よかった」

「だから言ったじゃん！　あたしらならこれくらい問題なんてないって」

「余裕」

「でも、油断はしたら危ないよ……？」

「まあそうだな。油断するのはまずいが、今は気を緩めても平気だろ。オンオフをしっかりするのも大事なことだぞ」

どうせ相手は海の中からやってくるんだ。陸にいるうちはどう足掻いたって攻撃なんてできっこない。強いて可能性を上げるとしたら、両生類の仲間が這い上がってくるか、海から長距離攻撃を仕掛けてくるかのどっちかだが、今回の敵を見た限りだとそのどっちもあり得ない。魚は陸を歩くことはできても遅く、攻撃も噛みつきだけだった。

まあとはいえ、イレギュラーが出ればそれで全部台無しになる可能性もありえる。雑魚(ざこ)が魚だったからって、その強化体が魚のままとも限らないからな。おたまじゃくしみたいに足を生やして陸に出てくるかもしれない。そもそも今までの魚とは全く別の種類かもしれない。

そう考えると、陸であろうとどこであろうと、気を抜(ぬ)いていいわけではないのかもしれないが、それでも警戒しすぎる必要はない。適度に警戒し、何かがあるかもしれないけどその時にはちゃんと動けるようにしておこう、程度の意識を維持(いじ)していれば十分だ。

「そうよね！　いよーっし！　それじゃあ今日もいっぱいご飯食べよっか！」

「でも、ほどほどにね。食べすぎてお腹壊(なかこわ)すなんてことがあったら大変よ？」

「それに、食べすぎると太る」

確かに、昨日もそうだったがいくら食べ放題だからってあれだけ食べてると太るだろうな。あれ、いったい何人分食べたんだ？　少なくとも俺の五倍くらいは食べてただろ。

「平気平気。今日もいっぱい動いたし、明日だって動くんだから摂取(せっしゅ)カロリーくらい消費できるって！」

「……そう？」

大丈夫だと笑っている浅田だが、安倍の視線が浅田の腹へと向かい、首が傾げられた。

初めはその視線の意味を理解できていない様子の浅田だったが、数秒ほどしてハッとその視線の意味を理解したように両手で腹を押さえた。

「え、うそっ⁉」

腹を押さえながら叫んだ浅田だが、腹を押さえつつも自身の腹を摘んでいる。太っているのかを確認するためなのだろうが……。

「うそ」

淡々と告げられた安倍の言葉は、聞き間違えることなくはっきりと聞こえ、その言葉を聞いた俺達は思わず唖然とし、足を止めて黙り込んでしまった。

だが、言った本人である安倍だけは足を止めることなくスタスタと先を進んで行った。

「……は、晴華っ！」

そんな状態からいち早く立ち直ったのは浅田だったようで、俺達から徐々に離れていた安倍を追いかけていった。

「あっ！」

「どうした？」

砂浜から離れ、ホテルへと向かって歩いていると、突然宮野が声を漏らした。

何かあったのだろうかと思って振り返るが、特に何かが起こったという様子はないようだった。

「あ、いえ。片付けしてた人が荷物を海に落としてしまったみたいだったので」

「ああ。まああれだけ荷物があって人の行き来があればな。多少はそういうこともあるだろ」

結界用の大型の魔法具が海の近くに設置してあるからか、その周辺にはそれなりの量の荷物が置いてあった。明日もまだ戦いがあるのだから全てを片付けるわけではないだろうが、それでも後片付けはあるはずだし、物の移動もあるだろう。そのうちの一つが落ちてしまったんだろうな。

「ああいう裏方と言いますか、補助してくれる人がいるから後ろを気にせず戦えるわけですし、ありがたいことですよね」

まあそうだな。今回みたいな状況だと、特にだろ。あの裏方がいなければ討伐した魚モンスター達の処理や、道具の補充、市民の誘導なんかの問題が出てくる。敵を釣り上げるのだって、そういった裏方の補助があるからこそ何時間も続けていられるのだ。

そして、それは今回の依頼に限った話ではない。他の依頼でもそういった裏方の存在はいるし、依頼を受けずに普通にダンジョンに潜る場合だって補助してくれる存在はいる。

そういった者達に対して当たり前だと思わず感謝するのは、人として大切なことだと思う。

「そう思うんだったら直接本人に言ってきてやったらどうだ？　お前らみたいな可愛らしい女子高生にチヤホヤされれば、向こうだって嬉しいだろ」

可愛らしいと言ってもそれは見た目だけのことで、能力に関しては全く可愛くないが。だがそれは見ただけではわからないことだ。きっと喜んでくれることだろう。まあ、こいつらが実際にそんなことをするとは思っちゃいないが。

「じゃあ、こうしたら嬉しい？」

しかし、実際に大の大人に女子高生が集まってチヤホヤしていたらなんだか怪しい感じになるだろうな、なんて考えていると、いつの間に戻ってきていたのか安倍が俺の腕に抱きついていた。

「……何してんだ？」

正直こいつの突飛な行動には慣れてきたと思っているし、実際に大した反応をせずにいることができたが、何がしたいのかを理解することまではできなかった。本当何がしたいんだこいつは？

「イメクラごっこ？」

「イメクラって……お前達実際に女子高生だろ。いや、っつーかなんでそんなもんを俺に

やろうとした?」

確かに女子高生がおっさんの腕をとって抱きつくなんてのは、そう言われてもおかしくない状況かもしれないが、なんでわざわざ俺にそんなことをやってきたんだよ。

それに女子高生って言っても、今のこいつらは女子高生としての制服を身につけていないで、冒険者としての服装だ。それはそれでイメクラとしての条件を満たしているような気がしないでもないが、少なくとも女子高生を相手にしている気分にはならないだろう。

「ねえねえ、イメクラってなんなの?」

突然の安倍の行動に驚きながらも呆(あき)れのため息を吐(は)き出していると、浅田がキョトンとした表情で問いかけてきた。こいつ、まじか……。

確かに、本来イメクラなんてものは学生であるこいつらには関係ないものではある。

だが、学生であっても今時の女子高生であればこの程度は知ってるものなんじゃないだろうか? いや偏見(へんけん)かもしれないけどさ。実際、浅田は知らなかったみたいだし、意外と知らないものなのだろうか?

そう考えて宮野達へと視線を向けるが……。

「え? えっと、その……」

「佳奈、知らないの?」

どうやら北原も宮野も知っているようだ。安倍も知っていたわけだが……これは浅田が知らなすぎるのか他の三人が知りすぎているのか悩むところだな。もし浅田が知らないだけなんだったら、俺が思ってたよりも浅田がピュアなやつだったってことになるが、三人が知っている方であれば、この三人は意外とむっつりだということになる。……いや、別に意外でもなかったか？

「え？　うん。だから聞いてんじゃん。なんなの？」

「それは、えっとね？　なんていえばいいのか……」

「知らないままでいいだろ。碌でもないことだからな」

女子高生がイメクラがどんなものかなんて知る必要ないだろ。知っていたのならそれはそれで構わないが、わざわざ教えるものでもない。特に、大人の男である俺がいるような状況では特にだ。

「いや、みんな知ってんのにあたしだけ知らないってすっごい仲間はずれ感がするんだけど。みんな知ってんだったら知ってて困ることでもないんでしょ？　いいじゃん教えてくれても」

だが、浅田が俺達が教えないことを不満に感じたのだろう。眉を顰めて不機嫌そうに問いかけてきた。かといって、俺がイメクラについて教えるわけにもいかない。

というか、話の流れで大体どんなことか分かるだろ。最低限聞くべきではないことだってのは理解できるはずだ。お前頭が悪いわけでも空気が読めないわけでもないんだから、今この場ではもう少し考えてものを喋れよな。

しかし、なんと答えたものか……

「イメクラってのは、イメージクラブっつー……まあ、コスプレ喫茶的なものの略称だ」

「へー。でも、なんでコスプレ喫茶がそんな言うのを躊躇うような感じになってんの？」

どうにかオブラートに包み込んで説明をしてみたものの、その説明が微妙にぼかしたものだったせいか、浅田はまだ納得せずに問い返してきた。

「あー、それは……」

「コスプレ喫茶、かっこ成人向けだから」

「え？　あ、えー……え？　せ、成人向けって……」

「ぶっちゃけ風俗」

「っ！」

これ以上どう伝えるか悩んでいたところに、安倍がぶっ込んでいった。

安倍……お前もうちょっと伝え方ってあったんじゃないのか？

自分が何について聞いていたのかを理解したのか、それともその具体的な光景、あるいは行為について想像したのか、浅田は顔を赤くして体を跳ねさせた。

「晴華ちゃんっ。もっと包んで言わないと。はっきり言うのはその、ね？」

「でも、佳奈ははっきり言わないと納得しない。それに、どうせ後で自分で調べるんだから今教えても変わらない」

安倍の言ったように、ここで意味を教えなかったとしても後で部屋に戻ってからスマホを使うなり同室の宮野に聞くなりして調べただろう。なので、浅田がイメクラというものについて知るという結果は変わらない。

「だとしても、今堂々と教えるようなことでもねえだろ。部屋に戻ってからお前達が教えとけば良くねえか？」

「ここで教えたほうが面白そうだった」

「面白そうってお前なあ……」

「というか、ぼかして伝えるのがめんどかった」

いや、そりゃあ俺もめんどくさかったけどさ。それでもこう、配慮すべき時ってあるだろ。

浅田の方を見ると、恥ずかしさから少し俯いた状態で固まってしまっている。

どうしたもんかと思ったが、しかし、こういう時は下手にいじってもいいことはない。

何も無かったことにして話を進めた方がいいだろうか。

と思っていると、不意に袖が引かれた。どうやら固まっていた浅田が復帰したようだが、なぜ俺の袖を引いたのかは分からない。

「や、やるぅ？」

なにか言いたいことでもあるのかと視線を浅田へと向けると、こちらを見ていた浅田が小さくそう口にした。しかし、〝やる〟とはいったい何を指しての言葉なのか。

「何をだよ」

「い、イメクラごっこ……？」

……はあ？　……こいつ、正気か？

「やらねえよ、馬鹿娘」

明らかに混乱している浅田の額にデコピンをかまし、強制的に話を打ち切る。

「いたっ！　何すんのよ！」

「お前が馬鹿なこと抜かしてるからだろ。ほら、馬鹿なこと言ってないでホテルに戻るぞ」

これ以上ここで足を止めて話していてもいいことなんてない。それより、さっさとホテルに戻って休むべきだろう。

そうして足早にその場を離れ出した俺の後を追うように宮野達四人も歩き出し、俺達はホテルへと戻っていった。

四章　私達だけでの戦い

ホテルへと戻りそれぞれの部屋で一休みした俺達は、夕食を取るべく再び五人で集まっていた。

「今日も無事に終わって何よりだ。あとは明日の作業で終わりだそうだが、まああくまでも予想だ。明日で終わりだからって力を使いすぎんなよ。これまでと同じように確実にこなしていけばいい」

「はい、大丈夫(だいじょうぶ)です」

軽く注意を言ったが、多分問題は起こらないだろうなと思っている。今日の宮野(みやの)達の働きぶりを見れば、問題があるだなんて間違っても言えない。それは俺だけではなく、宮野達四人のことを見下していた他の冒険者や有志団の者達もそうだろう。

「いやー、それにしても、結構楽だったわねー」

「私は大変だった」

「そう？」

「トドメを刺すだけでも、数が多いと魔力が足りなくなる」

「そうだね。あんまり前に出て、ってわけじゃなかったけど、あれだけ多いとね……」

「あー、そっか。晴華達だと、魔法を使うからそうなるかー」

基本的には浅田と宮野が対処していたし、北原と安倍はそんな前衛二人の補助ではあったが、だからといって自分達で処理しなくていいというわけではない。自分達の近くに釣り上げられたモンスターや、釣り上げたはいいが他に手の空いている者がいない状況であれば、安倍や北原もモンスターの処理に動くしかなかった。

一体一体はそれほど魔力を使わなかったとしても、それが何度も何度も行わなくてはならないとなれば、その消費もかなりのものになる。ともすれば、ただ前線で戦ってるだけの浅田達よりも疲れたことだろう。

「まあ、なんにしても今日も無事に終わってよかったわ。あとは明日さえ乗り切れば休みが待ってるわけだし、それを目指して頑張りましょう」

「おー！」

「了解」

「うん」

――キュ～。

宮野の言葉に三人がそれぞれの言葉で返事をしたが、その三人の後にもう一つ、やけにはっきりとした音が聞こえた。

その音がした方向を見ると、浅田がさりげなく腹を押さえている。やはりというか、今のは浅田の腹がなった音だろう。

「クク。一人返事が多かった気がするな」

「な、なにっ……悪い⁉　いっぱい動いたんだからお腹が空いて当然でしょ⁉」

「いや、元気なことで何よりだと思っただけだ」

冗談めかして言ってやれば、浅田は恥ずかしそうにしつつもこちらを睨んできたが、適当にあしらっておしまいだ。

「え、えっと、それじゃあ、ご飯を取りに行かない？　私もお腹空いたし……」

「そうね。それじゃあ行きましょうか」

睨んでいる浅田と、それをあしらっている俺を見ながら、北原と宮野が話題を変えるようにして歩き出した。

「それにしても、バイキング形式でご飯食べ放題って、すっごいありがたいことよねー」

それぞれ適当に盛り付けてきた料理を用意して始まった夕食だが、すでに全員おかわりをした後だ。俺なんかは一度だけしかしていないが、他の四人はすでに二回以上、浅田と宮野は四回目に突入（とつにゅう）している。その体のどこにそれだけはいるんだか……

「まあ、それくらいしないと人が来ないんだろ。報酬（ほうしゅう）自体は安いしな」

今回の報酬は三百万程度だが、これは本来宮野達のような一級以上の者だけで構成されたチームを雇うには安すぎる額だ。冒険者（ぼうけんしゃ）っていっても命をかけている以上は安い金で仕事を受けたりはしない。それをどうにかするために少しでも人を呼べるようにホテル使い放題なんて条件があるのだろう。

「あ、そのことが少し気になってたんですけど、これだけ作業が効率化してると楽ですし、やる人ってたくさんいるものなんじゃないですか？」

確かに、宮野の言ったように普通であればこれだけ効率的な討伐作戦……もはや作業と言っていいような作戦であれば、普通にモンスターを倒（たお）すよりはやりやすいだろう。

だが、それはあくまでも相手する敵を単体として考えた場合だ。

「効率化されてるっていっても、相手は二級相当がたくさん来るんだ。下手したら死ぬことは変わらないぞ。二級三級の奴（やつ）らにとっては、二級を倒すのだって結構な重労働だからな。今回はろくに動けないから難易度は下がるが、それでもまともに攻撃（こうげき）を受ければ大怪我（おおけが）をするってことに変わりはない。お前らは全員一級以上だから問題ないが、他のチームを見てたか？　一体を倒すのにも複数人で当たってたぞ」

他のチームには一級も存在していたが、全員が一級というわけではなく、一級と二級の混成チームだった。

今日は宮野達も自分達だけでやるってことで安全策をとって二人一組で当たっていたが、昨日なんかは全て一人で当たっていた。もちろん一人でといってもお互いにフォローできるように動いてはいたが、モンスターの処理は基本的に一人で行っていたことに変わりはない。

だが、他の冒険者チームは最初から複数人で班を分けて対処していた。それだけ力に差があるってことだ。

「それは見てましたけど、あれって安全を優先してたんじゃないんですか？」

「安全を優先って意味では間違いじゃないが、本当の意味は一人じゃ倒すだけでも大変だからだ。複数で当たって一息に殺し切る。そうしないで一人で当たっていると、無駄に時間をかけて疲れる事になるし、下手すれば怪我をする事になるからな」

二級三級でも、今回みたいな動けない相手であれば怪我なく片付けることができるだろうが、それでも攻撃には警戒しつつ戦わなくちゃいけないし、一撃で殺すことができるってわけでもないんだからどうしたって危険は増すことになる。

それに、一撃で倒せないとなれば何度も攻撃をすることになるが、それだと時間がかかる。

一体倒すのに十分とか使うことになってみろ。敵は何百体もいるのにそんなに時間をかけてたら、時間なんていくらあっても足りなくなる。

それを考えると、一度に対応できる数を減らしたとしても確実に一体一体時間をかけずに殺した方が結果的には早くなる。

「じゃあ、私達もそうしたほうがいいんでしょうか？」

「お前達が？　いや、お前ら今の時点でも敵を一撃で処理してるだろ。浅田に関して言えばオーバーキルって感じがするくらいだし、今まで通りでいいと思うぞ」

「いやあれって結構むずいのよ。一撃で倒せるんだけどそれなりに力込める必要があるし、下手に手を抜くと倒しきれないんだって。だったらちょっとやりすぎだとしても一発で終わったほうがいいでしょ」

言い訳をするように浅田が話しているが、誰も悪いなんて言ってないだろうに。全く悪いところがないというわけでもないが、少なくとも今回においてはその判断は間違いではないと思っている。力を抑えて二発で倒すか、ちょっと力を余分に使ってでも確実に一発で倒すかで言ったら、後者がいいに決まってる。

「まあな。ただ、今後は力加減も身につけたほうがいいとは思うぞ。まあそれも、今回の依頼を終えてからの話になるだろうが」

「はーい」

ほっとしたような様子でゆるく返事をした浅田だが、すぐに意識を切り替えて自身の手元にある皿へと視線を向けた。

「それじゃあご飯の続きっと」

そう言って再び食べ始めたが、もうたくさん食べただろうに。それだけまだ食べられるだなんて、呆れるしかない。

「まだ食べんのかよ」

「これでも覚醒者ですしー？　動いたからお腹減ってんの。子供はいっぱい動いていっぱい食べるのが仕事なんでしょ？」

覚醒者は常人よりもたくさん食べるし、能力を使ったり体を動かしたりすれば余計に腹が減る。だが、そうだとしてもこんなにいっぱい食べるのは食べ過ぎなんじゃないんだろうか？

「まあ、そうだが……お前がそんな〝子供〟に当てはまるような歳かよ」

こいつらはまだ未成年なんだから子供であることは確かだが、わざわざ〝子供〟と強調して言うほどの年齢でもない気がする。

「でも、いっぱい食べればおっきくなる。嬉しいでしょ？」

「んー、まあお前はもう少し身長があったほうが……って、おい。大きくってそっちかよ」

と、そこで安倍が問いかけてきたのでそちらに視線を向けつつ答えようとしたのだが、安倍は胸を強調するようなポーズでこっちを見ていた。

こいつがこう言うやつだってのは分かってはいたが……こんな場所でそういう冗談はやめろ。俺が捕まることになるぞ。

それに、言っちゃ悪いがお前標準的なサイズだろ。特に大きいっていうほどじゃないんだから、その話題はともすれば自分を傷つけることになるぞ。

「嬉しくない？」

「ノーコメントだ。っつーかそういう話を振るのはいいかげん諦めろよ」

「結婚してくれたら止める」

「なるほど。つまり一生止めないってことか」

前々からことあるごとに誘われるが、それが本心なのか冗談なのか分かりづらいんだよな。仮に本心だったとしても乗るつもりはないが、とにかくやめて欲しいところだ。

とりあえず、こんな話題を続けられても困るので別の方向に話を逸らそうか。

「まあ、好きなだけ食え。どうせ金はかからない――っ⁉」

直後、ホテルの窓から見えた海が不自然な光を放ち、消えた。

「なに、今のは⁉」

「さあな。だが、何か起きたのは間違いない。まずは状況把握だが……」

さっきの光がなんだったのかは分からないが、まず間違いなく異常事態だ。それも、海で起こったことを考えると、今回の依頼に関する何かが起こっていると考えてもいいだろう。

とりあえずこいつらに装備を整えさせてから依頼人を探し出して話を聞かないとか。さっきの光がなんにしても、なにが起きたのか分からない状態では動けない。

「コースケ。結界が消えた」

そう考えていたのだが、安倍が海を睨みながらそう口にした。

「なに？　それは……本当か？」

「うん。さっきまであった魔力が消えてる」

そうか、こいつは魔力を見ることができるんだったな。普通は結界や、魔法の痕跡なんかは見ることができないが、安倍の眼ならそれが見える。そんな安倍が結界が壊れたと言っている以上、それは本当なのだろう。

「それから……」

「ん？」

「海から熱源がいっぱい来てる」

「海？　魚……いや、モンスター？　……そいつらが結界を壊したのか？」

「それは分からない。でも、もうすぐ陸に着く」

チッ！　ってことは、当たり前だが陸を目指してるってことか。どうするべきか……。

現状、相手の狙いも正体もわからないが、それでもとにかく動くべきか。

「海から来てんのがモンスターなのか別物なのかはわからないが、とりあえず装備を整えろ。武装し終えたらホテルの入り口で待機……いや、お前らだけで先に行け。俺の足に合わせるよりお前らの方が速いだろ」

わからないとは言ったが、おそらくはモンスターだろうな。であれば、昼間戦った奴らだろう。それがなんで今の時間に攻め込んできたのかはわからないが、対処が遅れて陸に出てくるようではまずい。奴らは陸での動きは遅いが、もし時間をかけてしまい市街へと入れることになってしまえば大変なことになる。宮野達だけで行動させるのは多少危険ではあるが、今のこいつらなら自分達だけで行動したところでそうそうやられることはないだろう。

「それは……でも、良いんですか？」

「何がだ。もしモンスターが襲ってきてるんだったら、できる限り早くそれを処理した方がいい。夜っていっても、海岸付近に人はいるだろうからな」

海岸そのものは封鎖してある。だが、その周辺は普段通りだ。もしかしたら、封鎖している場所に入ってはしゃいでいる馬鹿どももいるかもしれない。

もしそんな一般人の元にモンスター達が辿り着いてしまったら？

そんなの、考えるまでもなく結果は分かりきっている。だから、そうなる前に敵を抑える必要がある。その役目として、宮野達は最適だ。敵を倒すだけの力があり、絶対に生き延びるという覚悟があり、異常事態に遭遇して対処した経験もある。むしろ、これ以上の適任はいないだろう。

「それに、お前達ならもう自分達で状況判断くらいできるだろ？」

「はい！」

「それじゃあ、動け！」

「「「「はいっ！」」」」

宮野達は四人とも一斉に返事をするとすぐさま動き出した。これで、最低でも周辺の一般人が逃げるだけの時間は稼ぐことができるだろう。あとは依頼人を呼んで、他の冒険者チームを動かす必要があるが、どうにかそれまでの間もってくれよ……。

「やっぱ、もう戦ってたか。戦い自体は……問題なさそうだな」

依頼人に電話をして状況を説明して他の冒険者チームと有志団を動かす様に頼み込んだ後、宮野達を助けるべく昼間戦っていた海岸へと向かったのだが、そこではすでに戦いが始まっていた。

周囲を確認してみるが、すでに避難放送があっただけあって海岸には一般人は誰もいなかった。誰かが死んだ様子もないし、どうやら最悪の事態にはなっていないようだ。

「しっかしなんだってこんなにいきなりモンスターが？　考えたくねえけど、やっぱイレギュラーか？」

今の異常な状況を考えると、それが最も正しいように感じられる。しかし、違和感もある。

「だが、それにしちゃあ昨日今日とおとなしすぎた感があるんだよな」

イレギュラーがいるにしては、その割には向かってきているのは昼間と同じモンスターだけ。これじゃあイレギュラーが発生したというよりも、何かが原因で一斉にこちらに向かってきたと考えた方がいいように思える。

目の前の敵を倒すべく剣を振るうが、そんな戦いの中で原因についても考えを巡らせていく。

そんな考え事をしつつ戦っている中で、宮野達はどうなっているのだろうかと姿を探したのだが、やはりと言うべきか、心配なんてする必要は全くなかったようだ。

「銛による釣り上げと拘束がない状態で、モンスターの群れを相手に立ち回るか……。随分と成長したもんだ」

相手は二級相当のモンスターであるため、宮野達よりも格下であることは確かだ。昼間の時に戦いを経験したこともあり、既知の敵であるのだから倒しやすいというのもあるだろう。

だが、昼間の時とは違い誰の補助もなく、他の冒険者チームもかなり離れたところにいて連携を取れるような状況ではない。そんな中でこれだけ危なげなく戦えるというのは、こいつらがそれだけ成長したということだ。

「こいつらいつまで出て来んのよ！」

とはいえ、終わりの見えないモンスターの群れと戦い続けるのは精神的にくるのだろう。

浅田が目の前の敵を倒しながら苛立ちまじりに叫んだ。

こういったいつ終わりが来るのかわからない戦闘というのは、想像以上に疲労が溜まっていく。その上、後ろに通さないように気をつけて戦わなければならないとなれば尚更だ。以前に一度クラゲのモンスターの群れと戦った時にも似ているが、あの時は自分達の身だけ気をつけていればよかったし、割と早い段階でどうすれば敵を全滅させられるのかを推測することができた。だが今回はそうではない。本当にいつ終わるのか終わりが見えず、まともに準備も整っていない中、後ろに抜けて行かないように気にしながら戦わなくてはならない。

「ちょっと抑えてて。一掃する」

そんな最悪と言っても過言ではない状況をどうにかしようと考えたのだろう。安倍がそれまでのように魔法を使う事を止め、新しく集中し始めた。おそらく、大技を使うつもりなのだろう。

他の三人は安倍が何かするのを理解し、先ほどまでよりも派手に動き回り出した。あれでは守るというより攻める姿勢のように思えるが、自分達に意識を向けさせようとしているんだろうか？

そのまましばらく宮野と浅田が派手に動き回り、北原が自身と安倍の周りに結界をはり、そんな様子を俺が遠くから眺めながら戦っていると、ついに安倍が動き出した。

「離れて！　《火災嵐！》」

安倍の合図を受けた宮野と浅田は周囲にいた敵の数体をまとめて薙ぎ払うと、すぐさまその場から飛び退いて安倍と北原の元へと戻ってきた。

直後、モンスターの群れの中央で突然炎の柱が発生した。

炎の柱はその出現地点にいたモンスターを全て焼き尽くしたが、それではとてもではないが敵を倒し切れるほどではない。

そう思っていたのだが、安倍の魔法はそれで終わりではなかった。天を焦がすほどの炎の柱は渦を巻き出し、その直径を広げていった。そして、揺れ動くように最初に炎の柱が発生した地点から移動をし始め、徐々にその大きさを増していった。

まるで炎でできた竜巻だが、実際に火事の時に起こる竜巻……火災旋風だったか？　あれを参考にでもしたんだろうか。

なんにしても、その効果は絶大だった。流石に海岸全てを覆い尽くすことはできないし、あまり市街地に近づけるわけにもいかないから全てのモンスターを呑み込むことはできなかった。だが、それでも十分なほどに目に見えて敵の数が減っている。

「あらかた片付いたっぽいな」

「あ、浩介。いつからいたの？」

「割と前から。途中からしか見られなかったが、被害者もいないみたいだし、よくやったな」

炎の竜巻が敵の群れを呑み込み、焼き尽くしたことでだいぶ余裕ができてきたので、俺は宮野達と合流することにした。

見た限りだと返り血は浴びているようだが、誰も大きな負傷はしていないようだ。

「で、どうなってんだ？　お前達が最初に来た時はどうなってた？」

一応炎の竜巻が敵を一掃したといっても、まだモンスターの群れの一部は残っているので悠長に話をしている状況ではないのだが、状況を整理するための時間は必要だ。どうせ俺達以外にも冒険者達はやってきているのだし、ここで焦って倒しにかからずとも大した問題はないだろう。

「最初って言われてもねー……」

「一応海岸で遊んでいる人達はいませんでしたが、周囲には人がいたので避難を促しました。それから柚子に頼んで周辺のこの場所以外の上陸できそうな場所は結界を張っておいたので、そちらに流れていくことはないと思います。それ以外は特になにも。避難を促した後にすぐ戦闘になったのでよく確認はできていませんが、おかしなところはありませんでした」

「強いていうならこの状況がおかしい？」

「まあそりゃあそうだ」

宮野達は何か異変を見つけることはできなかったか。まあそんな目に見える異変の原因なんてそうそうあるわけではないのは分かっていたから、大してがっかりしたりとかはないが、そうなるとこの後どうしたものか何も指針となるようなものがないんだよな。

まあ、現状では他の冒険者達と協力してモンスターを排除することができているから、それで時間を稼いで原因を探ればいいか。

それはそれでいいとして、ここ以外にも結界を張っていたんだな。北原が大して動いてないなと思ったらそれが原因だったか。

確かに、ここで討伐作戦を実行したからといって、モンスターの群れがここに来るという保証はない。昼間は誘引剤を撒いたからこそここにきたのであって、何もしなければ他の場所から上陸しようとしていた可能性は十分に考えられる。

そういった周辺の状況を考えて指示を出すことができるようになっただなんて、随分と周りが見えるようになったもんだな。

「あ、あの、一つだけ。瑞樹ちゃんに言われて結界を張ったんですけど、そっちにはあんまり……というか、全く被害が出てません。基本的に他の場所には向かわず、この場所を目指してるみたいです」

　と思って息を吐き出したところで、北原がそう告げてきた。

「やっぱりイレギュラーがいるか……」

　通常であれば、陸地を目指すにしてもばらけて周囲の陸地を目指してもおかしくないというのに、この場所を目指しているとなると、それを指揮している存在がいる可能性が出てくる。

「イレギュラーって、特級？」

「あ？　いや、それは分からないが、まあそう考えた方がいいだろうな」

「そう。じゃあ、アレは特級？」

「は？　──もう来てんのかよ、くそっ」

　普段と変わらず淡々とした声の安倍に問われた言葉に、一瞬反応することができなかった。その言葉の意味を理解してすぐさま勢いよく振り返ると、その先には海があり、その水面から姿を見せている存在がいた。

「あれなんなの⁉」

「海蛇……いえ、ドラゴンッ⁉」

「サーペント？」

宮野はドラゴンかと叫んだが、多分違う。水面から見せている姿は、蛇が体を持ち上げているかのようにスラリと細長く、その先についている頭部は確かにドラゴンのように鱗に覆われており鋭い目つきをした顔をしている。

だが、ドラゴンとそれ以外を見分ける決定的な部位である〝角〟が存在していない。角が存在していないものは、どれほど似ていてもドラゴンにあらずというのが一般的な考えだ。

であれば、角のないあいつらはドラゴンではなく他の存在だと考えるべきだろう。多分、安倍の言ったようにサーペントの方が近いんだと思う。

あの程度であれば一級……特級だとしても低位の強さだろう。宮野達であれば十分に対処できるはずだ。

もっとも、それが一体であればの話だが。

今しがたあいつらと言ったように、今見える範囲にいるだけでも六体。おんなじ姿をしたモンスターが横一列に隊列を組みながらこっちに向かってきている。

一体であれば宮野達であっても問題なく倒すことができただろうが、相手は複数だ。これが地上であれば問題なかったかも知れないが、相手は水棲のモンスター。水の中で戦うことになれば苦戦することになるだろう。

陸に近づいてくれるのであればやりようはあるが、果たしてそううまく行くだろうか？

もし相手に遠距離攻撃の手段があれば最悪だ。相手は遠距離からちまちまと攻撃して、危なくなったら海に逃げ込めば良いんだから。どうにかしようとこっちが無茶をしたら、その時は水の中にでも引き摺り込んで殺せばいい。そんな圧倒的に不利なフィールドで戦わなくてはならないとなれば、生き延びることはできたとして倒し切るのは宮野達でも難しいだろう。

そんなモンスター達の移動自体は見た感じだと非常にゆっくりとしており、陸に着くまであと十数分くらいはかかるだろうと思われる。

もっと速くて良いんじゃないかと思ったが、もしかしたら自身より格下とはいえモンスター達が倒されていることを警戒しているのかも知れない。

「サーペントって、なんだっけ？」

「まあ、ドラゴンの亜種みたいなもんだな。水棲のドラゴンの成り損ないだと思っておけば大体合ってる」

正確には別種だが、詳しく説明することでもないから適当でいいだろ。とはいえ、成り損ないといえどその能力は間違いなく高い。あれが本当にサーペントなのであれば、肉体的なスペックは一級相当だったはずだ。だが、こっちが陸戦型で、相手が水中戦型ということもあって相対的な評価としては特級となっている。

「やっぱりドラゴン……。それってつまり、あれは特級ということですか？」

「なんでそんなのがあんなにいるわけ!?」

「海の底で繁殖してたのか？　毎年一体ずつ増えてたとすればこんなもんだろうが……」

「特級なんだから増えるなんて卑怯じゃん！」

「つっても、向こうも生き物だからな。繁殖くらいするだろ」

聞いた限りではこの場所のゲートは六年くらい前から発生しっぱなしみたいだからな。その間放置され続けてきたとなると、繁殖くらいしてもおかしくないし、なんだったらダンジョンによって新しく生み出されたとしてもおかしくない。

「ただ、あいつらが本当にサーペントだとしても、水の中であれば特級だが水上に出てきたのであれば一級だ」

肉体の強度だけを考えるのなら、相手は一級相当の強さしかない。であれば、宮野達の攻撃であれば容易く通すことができるだろう。

「いやいや、水から顔出しただけじゃん！　実際に戦うのは水の上だとしても、あたしらの動きづらさは水中と変わんないでしょ！」

「それでも、私達がやるしかないわ」

そう。俺達がやるしかない。俺達が、といっても、ここにいる俺達という意味ではなく今回雇われた冒険者達という意味だが、その全員がやらなければ、他の一般市民達が被害を受けることになる。

倒せないとしても、最低でも傷を負わせて撃退するか、援軍が来るまで時間稼ぎをしなければならない。

とはいえ、それ自体は割と問題なくできるだろうと考えている。何せこの場には俺達以外にも一級を含めた冒険者チームが存在しているのだ。であれば、時間はかかったとしても撃退すること程度はできるはずだ。

……ただ、問題は相手が本当にサーペントなのか、ということだ。なんというか、どう言えばいいかわからないが、あいつらには違和感がある。まだ距離があるからそれほど詳しく見えるわけでもないし、その違和感の正体がなんなのかは分からない。だが、多分何かあるだろうということは確信している。

そのことを考えると、相手を単なる一級として考えてもいいものだろうかという不安が湧いてくる。

しかし、もし何かあるのだとしても、やらないわけにはいかない。

そうなったら俺達だけで対処しているわけにはいかない。他に集められるだけの戦力を集めて討伐、ないし撃退しなきゃならない。

　場合によってはもっと大規模な応援を呼ぶ必要がある。それらのことについて話をするためにも、依頼人と話す必要があるな。幸いアイツのいる場所とここはまだ距離がある。こっちにくるまでそれなりに時間がかかるだろう。

　そう思って電話をかけてみたのだが、向こうも混乱しているのだろう。電話が繋がらなかった。仕方ない。こうなったら自分達の足で探すしかないか。

「アレは俺が相手するから、お前達は手分けして依頼人を探してこい。今後の方針について話す」

　まだ動き出す様子はないが、いつ襲いかかってきてもおかしくない。その時に、誰か対応できる奴がいないと被害が酷いことになる。だからもしもの時は俺が相手をしよう。そう思ったのだが……

「……いえ、伊上さん。ここは私達に任せてください」

「は？　お前何言ってんのか理解してるか？」

　予期せぬ宮野の言葉に、俺は宮野へと振り向き問いかけた。

「はい。足の速い私達が探した方が効率がいいし、イレギュラーが相手なら慣れている伊上さんの方が対処しやすいでしょう」

「分かってんならなんでそんなことを言った」

「……伊上さん。あのモンスターって後どれくらいでくると思いますか?」

「あ?　……まあ、十五分。もって二十分ってとこか」

「なら、早ければ十分……もっと早ければ五分でこっちに来る、ということも考えられますよね?」

「まあ、そうだな」

「もう一つ、正直に答えて欲しいんですけど……私達が依頼人の方を探しに行ったとして、あのモンスターがこっちに来るまでに探し出して、その上で説得を終えることができると思ってますか?」

「……」

「無理、ですよね?　でもそうなると、ここに残った人が戦わなくちゃいけないことになる。つまり――」

「俺がヤツを抑える」

「やっぱり……。そうですよね。伊上さんなら、そうするって思いました。だって、あなたはみんなを守る勇者ですから」

宮野はそう言って笑ったが、すぐさま真剣な表情を浮かべて首を振った。

「でも、今回ばかりはその役割は譲ってもらいます」

「おい宮野。お前まさか……」

「私が……いえ、私達がこの場所を守ります」

「ダメだ。お前達だけで戦うことになるんだぞ。危険すぎる」

「でも、私達が一人前の冒険者だって認めてくれましたよね？　それに、前回の時は特級を倒すことができました」

「あの時はお前達だけじゃなかっただろ。俺だって手を貸した」

「でも、戦えてはいました。倒すのではなく、時間稼ぎでいいなら、私達でも十分にこなせると思います」

「そうかもしれないが、だが……」

眼を見れば引くつもりがないことは理解できた。ここで無駄に時間を使うわけにはいかない以上、話し合ってるよりも俺が引いて探しに行った方が早いだろう。

「チッ。後で説教だ。それから一応言っておくが、気をつけろよ」

「大丈夫です。私は、あなたの教え子ですよ？」

「私は、じゃなくて私達は、だけどね」

自信に満ちた眼と言葉を向けてくる宮野と浅田。そして、言葉にはしないが二人と同じように真っ直ぐこちらを見てくる安倍と北原。そんな四人を見ていたら、任せないなんて言うことはできなかった。

「とにかく、俺は他の冒険者達を集めてくる！　お前らは無茶するだろうが、死なない範囲で無茶をしてあいつらを足止めしておけ！」

こいつらなら、この状況で俺がいなくても戦うことはできるだろう。だが、それもいつまで保つものか分かったものではない。

一刻も早く他の冒険者達をまとめて戻ってこないとっ……！


――宮野　瑞樹――


「行っちゃった」

「そうね。でも、私達ならできるわ。だって、私達は伊上さんの教え子よ？」

「まあ、前回もなんとかなったし、いけるっしょ」

浩介がいなくなった後、瑞樹達は自信に満ちた態度で笑ってみせた。その内心では不安を感じていようとも、自分を鼓舞するために、そして仲間に心配をかけないために、そうする必要があるのだと思ったから。

「でも、なんだってこんな無理矢理替わったわけ？」

「んー、ほら。私達って知名度がないでしょう？　この間話をしたけど、非公式扱いになってるから実績がないって」

「あー、そうだっけね。でも、あんたってそんなこと気にしたっけ？」

「私自身の評価はそうでもないんだけど、『伊上さんの教えを受けた私』の評価が低いのは、ちょっと気に入らないのよね。それに、見せつけたいじゃない。今の私達の強さを。みんなにも、伊上さんにも」

「ま、そうねー。あいつ、あたしらのことを子供扱いする時あるし、成長したんだってことを教えてやりたいもんね」

　瑞樹の言葉に、佳奈は笑って頷きを返した。

「で、でも、どうするの？　足止めって言ってたけど……」

　柚子の言葉を受けて瑞樹達はサーペントへと改めて顔を向けたが……

「んー、まあ近づいてきたら適当に……って、んん？　……ねえ、あいつら、なんか結構近くない？　こんな距離だったっけ？」

「……いえ、思ったよりも近づいてるわね」

　佳奈が疑問に思い、瑞樹が告げたように、サーペントは先程までよりもその進行速度を速めていた。

「こ、このままだと、すぐにでもこっちにくるんじゃ……っ！」

「何あれ……なんか準備してる感じ？」

「そう、みたいね。晴華、柚子。警戒しておいてちょうだい。何かあった時には多分二人が最初に対応することになるから」

「ん。おっけー」

「き、きたよっ……！」

瑞樹が注意を促し、それに従って晴華がいつでも魔法を使えるように準備を終えた直後、瑞樹達に向かって津波が襲いかかってきた。

瑞樹達を脅威と判断したのか、あるいはただ行く先にあるゴミを一掃するためなのかはわからない。だが、対処しなければ瑞樹達にとっても、他の冒険者達にとっても脅威となる。

だが、その津波が実際に被害を出すことはなかった。

何か攻撃が来ても対処できるようにと待ち構えていた晴華が、目の前まで迫ってきた津波に向かっていくつもの火球を放ち、津波に触れた瞬間爆発した。それによって津波はその勢いを落とし、完璧に津波が消えたというわけではないが、少なくとも人的被害が出るような脅威ではなくなった。

「これ、待ってるだけじゃまずくない？」

今のは迎撃することができた。だが、永遠に遠くから攻撃され続けたのであればいずれは晴華の力も尽きることとなり、瑞樹達も他の冒険者達もそれ以外も、全員波に呑まれることになるだろう。

「こっちから打って出るわ。この調子で暴れられたら、他の冒険者の人達はもちろん、市街地にも被害が出ることになるもの」

「りょーかいっと。でもどうする？　こっちまで近寄ってくるまでまだ少し時間あるけどその間は守ってるだけ？」

「……まずは晴華に魔法を放ってもらうわ。その一撃で倒しちゃっても構わないくらいの勢いでお願い。海の被害はこんな状況だもの。気にしなくていいわ」

「ん。分かった」

初撃に様子見や牽制の一撃を、なんてことをせずに全力で攻撃する必要性を理解しているので、晴華は特に何か不満をいうこともなく頷いた。

「それで倒せればいいけれど、多分無理だと思うの。でも、全くの無傷ってこともないと思うのよ。だから、晴華の魔法で怯んでいる隙に私と佳奈が近づいて、攻撃するわ」

「んー、まあいいけど……でもそれだとあたしらは一体倒しておしまいじゃない？　まあうまくやれば倒したのを足場にしてもう一体、なんてできるかも知んないけどさ」

佳奈と瑞樹の身体能力であれば、サーペントがある程度まで陸に近づいてさえしまえば、陸地からジャンプして相手の元まで辿り着くことができるだろう。そして敵に攻撃を加えれば、一級相当の頑丈さなど容易く貫き、吹き飛ばすことができる。仮に特級相当の頑丈さがあったとしても、無傷とはいかないはずだ。

だが、それだけである。佳奈自身が言ったように、倒した敵を足場にして次の敵に飛ぶことはできるだろう。だが、そんな芸当が何度も続けられるはずがない。敵も知能がないわけではないのだ。仲間の死体を足場にして飛び跳ねると分かれば相応の対策をするに決まっている。

しかし、それについては承知しているとばかりに瑞樹は頷き、佳奈へ向けていた視線を今度は柚子へと向けた。

「足場に関しては、柚子。頼めるかしら？　あのサーペントに辿り着くまでと、敵の周りに色のついた結界を出して、それを踏んで佳奈と私が移動するの。あと、万が一水に落ちそうになったらその先にも足場を作ってちょうだい。それなら、いくら水上だとしても、十分に動けるはずよ。晴華はある程度回復したら、飛び回る私達の補助をお願い」

水の中に入ったら不利になるのであれば、水の中に入らなければいい。確かにそんな瑞樹の考えは間違っていないだろう。それができるのであればサーペントの脅威度はグッと低くなる。

もちろん敵も常に水上に顔を見せているわけではないので、水の中に潜られてしまうかもしれない。周りが水で囲まれているのも、いつものように自由に動き回ることができるわけではないというのも確かだ。どう考えても瑞樹達に不利な要素しかない。

しかし、それでも戦う術があるという意味は大きい。方法がなければ、水中で戦わなければならなかったかも知れないのだから。

船でも足場として使用することはできるかも知れないが、船の場合は相手の攻撃によって壊される可能性が出てくる。それに、そもそも今から船を用意するだけの時間があるかどうか……。それを考えると、この場に結界を張ることができる柚子がいたのは幸運だと言えるだろう。

「あ、それなら行けそうかも。柚子はどう？」

「う、うん。私も大丈夫だよ」

瑞樹の話した策を聞き、佳奈は問題ないと頷き、それに続くように柚子も頷いたことで作戦は決定した。

「それじゃあ、そんな感じでよろしくね。本当はもっとちゃんと作戦を立てたいけど……」

今立てた作戦は、あくまでもこの場で考えた急拵えのものでしかなく、もっとこうすべきだ、こうした方がいいというような不備はあるだろう。瑞樹はそれを理解しているからこそ、完璧な作戦を立てることができないことに対し、悔しげに顔を顰めた。

「時間がない」

「まあ、早くしないと海の上で戦ってもこっちに被害が出ちゃうからねー。っていうか、今のでも作戦としては十分じゃない？」

「うん。この作戦なら、きっと大丈夫だよ」

「そうかしら？　そうだったらいいんだけどね。さ、敵がこっちに近づいてきてるわ。やりましょう」

急拵えではあるが、策を立てることができたし、仲間の理解も得ることができた。欲を言えばまだまだ欲しいものはたくさんある。物も人も時間も、何もかもが足りていない。それでも瑞樹達は戦うしかない。このまま戦わずにいれば、自分達の後ろにいるなんの罪もない人達が傷つくことになってしまうから。

今更ではあるが、そんな考えはきっと間違えているのだろう、と瑞樹は思った。今まで浩介から教わってきたのは特級を倒す方法ではなく、特級からでも生き延びる方法なのだから。浩介が離れるときに瑞樹達に言い残したのも、足止めを頼むというものであって、モンスターを倒せというものではない。海の上で倒さなければ一般人に被害が出るから、足止めをするにしても海の上で戦う必要がある、なんてのは拡大解釈と言ってもいいだろう。

どんな状況であっても生き抜くという理念をもとに行動するのであれば、ここは一般人を見捨てて逃げ出すか、街や人に被害が出ることを覚悟で敵が陸に来てから他の者達と協力して戦うべきだ。

だが、それはできない。たとえ自分達の行動が浩介の理念と離れていたとしても、ここで動かずにはいられないのが『勇者・宮野瑞樹』なのだから。

「敵はドラゴン。伊上さんは成り損ないって言ってたけれど、それでも特級であることに変わりはない。そしてドラゴンは、特級の中でも別格と言えるほどの力を持っている。なら、出し惜しみなんてしてる場合じゃないわ。だから、最初から全力で行くわよ！」

「「「おー！」」」

普段は大きな声を出すことがない晴華と柚子も声を張り上げ、四人はモンスターを倒して人々を守るために動き出した。

「――それじゃあ、晴華、お願い」

「ん。やる。――《火柱》」

晴華の言葉と同時に、陸に向かって迫ってきているサーペントの群れのいる地点の海面スレスレの位置から天を衝くような炎の柱が現れた。

その炎の柱は夜の闇の中では一際目立つ一撃だった。その注目度に比例するかのように、威力もかなりの物のはずだ。敵が単なる一級程度であれば、たとえ群れだとしても問題なく処理することができただろう。

しかし、倒しきることはできなかった。

元々相性が悪いというのもあるだろう。火と水。ゲームのような属性的な相性はなくとも、純粋な科学として火は水で消える。戦っている場所が水場であり、敵が水を操る存在であることを考えると、仕方のないことだ。炎を感じた瞬間に水で自身の体を覆ったり、普通に水の中に逃げ込んだりして身を守ったのだろう。重傷を負っているように見える個体はいるものの、死亡した個体は存在していなかった。

「ミス。海ごと蒸発させればよかった」

しかし、倒し切れなかったからか、大ダメージを与えたにも関わらず晴華は己のミスだと悔しげに呟いた。

確かに、水面から上だけを狙うのではなく、水面の下……海水ごと敵を焼き尽くすつもりで攻撃していればもう少しダメージを入れることができただろうし、もしかしたら一体くらいは倒すことができていたかも知れない。

しかし、魔法とは目に見える場所でなければ発動するのが難しい。できないわけではないが、それは手元を見ずに作文を書けと言っているようなものである。そのため、これだけ距離がある水中に魔法を設置することはいかに晴華といえども不可能である。

むしろ、これだけの距離があるにも関わらず、狙い違わず敵に攻撃を当てることができたことを誇るべきだろう。

「十分よ！　柚子、足場をお願い！」

「う、うん！　二人とも、頑張って！」

晴華の攻撃の後は柚子の出番だ。瑞樹の合図に従って柚子はサーペントの群れに向かう道を空中に敷いていく。

半透明の板が空中の所々に出現し、瑞樹達のいるところからサーペントの群れに向かうまでの二本の道が完成した。

「まっかせて！　あたしらがドドーンと倒してくるから！」

「私はドドーンとはいかないけれどね」

後は瑞樹と佳奈が、柚子の作った道を進んで敵を倒すだけとなったところで、緊張をほぐすためか二人は軽口を言い合った。

「それじゃあ、瑞樹」

「ええ。いくわよ、佳奈」

そして、一度顔を見合わせ、自分を、そしてお互いを鼓舞するかのようにニッと笑みを浮かべてから、二人は地面を蹴って飛び出した。

「ふっ!」

「でえええいっ!」

地面を蹴り、柚子の張った結界を足場にして宙を駆ける瑞樹と佳奈。二人はサーペントへと近づくと、驚いたのか怯んで動かないサーペントの頭部にそれぞれの武器を叩きつけた。

「「次!」」

特に抵抗もなく斬られ、殴られたサーペントはそのまま沈黙し、二人は次の獲物を仕留めるべく近くにいた別のサーペントへと攻撃を仕掛けた。

「あっ!　ミスった⁉」

「佳奈⁉」

だが、柚子による結界の足場があるとはいえ、空中で方向転換して別の獲物を狙うという三次元的な動きを練習したことがなかったからか、佳奈はわずかに目測を誤り攻撃を掠らせるだけで終わってしまった。

そんな隙を敵が見逃すはずがなく、サーペントは空中で体勢を崩している佳奈へと攻撃を仕掛けた。

「だったら――おわっ⁉」

自身を狙う頭部に気づき、それを返り討ちにしてやろうと結界に足をつけて飛び出そうとした佳奈だったが、飛び出すその直前、佳奈の目の前を炎が通り過ぎてサーペントの頭部を燃やした。

炎の飛んできた方向を見れば、そこには瑞樹達と同じように結界を足場としながら、戦場へと向かってきている晴華がいた。

まだ先ほどの魔法の疲労から回復していないはずだが、それでもただ回復を待っているだけではいられなかったのだろう。実際、そのおかげで佳奈は怪我することなく済んだのだから、その行動は正しかったと言うべきだろう。

「晴華ー！　やるのはいいけど、せめて合図くらい出してよ！」

「佳奈なら合わせてくれると思った」

「ぬぐ……そう言われると、何にも言えないじゃん」

自分が危なかったところを助けてもらったとはいえ、突然目の前を炎が通り過ぎたことに驚いた佳奈は晴華へと文句を口にしたが、晴華に丸め込まれてそれ以上の言葉は飲み込むこととなった。

佳奈としても、元々本気で怒っていたわけでもないためにすぐに意識を切り替え、残っている敵を見据えた。

「後二体だけど……くっ」

このまま倒しましょう。そう言おうとした瑞樹だったが、その言葉は途中で止まった。止められた、というべきか。

サーペントを中心として水の竜巻が発生し、周囲にいた瑞樹達を押し流そうとしたのだ。

そのことを察知した瞬間に二人はその場を飛び退いて二体のサーペントから距離をとったが、それは正解だった。

先ほどまで瑞樹達が立っていた足場の結界は、サーペントのくり出した竜巻に巻き込まれ、破壊されてしまっている。あのまま立っていたら、反撃どころかろくに抵抗もすることができずにあの竜巻の中に呑み込まれてしまっていただろう。

「流石に全部やらせてはくれないか」

先ほどまでよりもだいぶ離れた場所に立ちながら、瑞樹は目の前で猛威を振るい続けている竜巻を睨みつけながら呟いた。

「柚子、新しい足場をお願い。今度は枚数が少なくてもいいから、壊されないように丈夫にしてちょうだい」

サーペントに近かった足場は全て壊されてしまったので、少しでも近くに足場が欲しい。そのことをインカムを通して陸で待機している柚子へと要請した。

「う、うん。分かった。……大丈夫だよね？」

「心配しないで。この程度なら、勝てなかったとしても逃げるくらいならできるわ」

「そう……。頑張ってね」

その会話の直後、瑞樹達が立っている場所からサーペントに向かって新しい足場がいくつも生成された。先ほどよりも強化された足場だからか、竜巻の中であっても壊れることなく維持されている。

それを見て瑞樹は一つ頷くが、問題はどうやってあの竜巻を通り抜けてサーペントまでたどり着くかだ。

「問題は、あの渦がいつまで続くのかってことよね。足場は作ってもらえたけれど、流石に渦の中に突っ込んでいくのは危険すぎるわよね？　もしこのまま陸に近づくようなら……」

「でも、もう四体もやったんだし、残り二体くらいどうにかなるっしょ」

瑞樹の近くにあった足場へとやってきた佳奈は、自信ありげな声で話している。

「そうだといいけれど、油断しちゃダメよ、佳奈」

「分かってるって。でも、楽になったのも事実でしょ」

「そうだけど……なんにしても、最後まで気を抜かないようにしましょ」

「オッケー。ってことで、後二体だけど、どうする？　やっぱり突っ込む感じ？」

「そうね……多少強引だけど、突撃して行った方がいいかしら？　相手の体力切れを待つのもいいけれど、それがいつくるのかわからないもの。でも、流石に危険すぎる気も――」

突っ込んでいくのは危険だが、そうする他ない。しかし危険であるのは間違いない。

そんな考えで今ひとつ答えを出せずに悩んでいた瑞樹だったが、突然勢いよく後ろへと振り返ると、頷き、再び正面を見つめて宣言した。

「……突撃するわよ、佳奈」

「分かりやすくていいけど、大丈夫なの？」

「ええ。だって、私達は二人だけじゃないでしょう？」

そう言って瑞樹が笑みを浮かべると、上空から声が降ってきた。

「私がやる。あの竜巻は吹き飛ばすから、二人は気にせず進んで」

晴華だ。その体にはすでに魔力が漲っており、魔法の構築自体も終わっている。後はそれを敵に向かってぶっ放すだけ。

先ほど瑞樹が突然振り向いたのも、晴華が放った魔力を感じ取ったからであり、突撃することを決めたのも晴華を……仲間を信頼しているからだ。

そのことを理解した佳奈は、瑞樹と同じように笑みを浮かべて正面へと視線を戻した。

「オッケオッケ。そういうことね。それじゃあ、次で決めるとしますか」

「そうね。大物はこの敵だけだけど、他にもモンスターはいるし、できる限り早く片付けた方が他の人達も安心できるでしょうからね」

そうして瑞樹と佳奈の二人が武器を構え、いつでも攻撃できる状態になったところで、瑞樹達の頭上から炎の塊が落ちた。

それは水の竜巻へと衝突すると、凄まじい衝撃を放ち、竜巻を形成していた水は蒸発して水蒸気となって視界を遮っている。

こんな状態のままでは竜巻がどうなっているのかなんて分からず、もし竜巻が消えていないのに突っ込んでいけば、瑞樹達はその渦に呑まれることになるだろう。

「ナイス晴華！」

「いくわよ、佳奈！」

「りょーかい！」

だがそれでも、瑞樹も佳奈も迷うことなく動き出し、先ほどまで竜巻があった場所へと飛び込んだ。

視界は最悪。状況は不明。竜巻がどうなっているかも敵がどこにいるのかも分からない。

もしかしたら、柚子が設置した足場も先ほどの爆発(ばくはつ)で壊れたかもしれない。

そんな状況でも、瑞樹と佳奈は迷うことなく突き進み、柚子の設置した結界を踏みしめ、ついにサーペントの姿を見つけた。

「はあああっ！」

「うううっ、おりゃあああああっ！」

見つけた後の判断は一瞬だった。二人とも迷うことなく武器を構え、振り抜いた。

まさかこんな状態で攻撃を仕掛けてくるとは思っていなかったのか、サーペントは頭部を切り落とされ、ぶち抜かれた。

「いよっしゃああああい！」

サーペントを見事倒したことで、佳奈は雄叫(おたけ)びをあげた。

だが、それも当然のことだろう。何せ自分達だけで特級を倒すことができなかったのだ。たとえ相手の能力が水中戦に特化しており、本来の力を発揮することができなかったのだとしても、瑞樹達が自分達四人だけの力で特級を倒したことは紛れもない事実だった。これを喜ばないわけがない。

「それじゃあ、戻りましょうか」

「これはどうする？　もったいなくない？」

佳奈は海の上に浮かんでいるサーペントの死体を指差しながら言った。確かに特級クラスのモンスターの素材であれば、そのまま放置するのは勿体無い。売れば今回瑞樹達が受けた依頼の報酬を遥かに超えるだけの金額を手に入れることができるだろう。

「そうだけど、回収は後でいいんじゃないかしら？　頼めばやってくれると思うわよ。それに、わざわざ潜ってひっぱって、なんて時間もないし」

「回収する時間くらい平気じゃない？　見た感じだとみんな問題なく戦ってるっぽいし――」

と、佳奈がサーペントの死体から陸で戦っている他の冒険者達へと視線を移したその瞬間、真下から何かが佳奈を襲うように突き上げられた。

「佳奈！」

「へ？　っ！　なんで⁉」

瑞樹の声に反応した佳奈は、一瞬遅れはしたもののすぐに動き出し、間一髪のところでその何かを避けることに成功した。

そうして何かを避けた後にそれが何なのかを観察してみると、佳奈のことを狙った何かとは先ほど倒したばかりのはずのサーペントの首だった。いや、それは正確ではないか。何せ、佳奈のことを狙ったそのサーペントの首は、先ほど倒したばかりのものではなかったのだから。瑞樹達の手で最初に奇襲のように倒されたうちの一体。首を切り落とされたはずのそれが、どういうわけか失った部分を取り戻して再び動いているのだ。

「これは……再生してる？」

「あっ！　ちょ、みてっ！　あそこ繋がってない⁉」

佳奈が指差した場所を見ると、サーペントとしてそれぞれ独立している存在であると思っていたはずの体、その尾の部分が、一つの大きな胴体としてまとまっていた。つまり、今まで複数体だと思っていた敵は、海面から上の部分はそう見えていただけだったということだ。

「……そういうこと。あれは複数体のドラゴンってわけじゃなくて、複数の首を持つ一体のモンスターだったってことね」

敵の正体を勘違いしていたことに、瑞樹が悔しげな様子で徐々に傷が塞がっていく敵のことを睨みつけている。

「……何この化け物。こんなモンスターっているもんなの？　首がなくっても死なないとか、詐欺じゃん」

必死になって倒したはずなのに、自分達が負わせた傷が理不尽に再生されていく様を見て、佳奈は困惑したように文句を口にした。

「……いるわ。複数の首を持っていて、なかなか死なない有名なドラゴンがね」

「ヒュドラ」

「ええ、多分ね。確か、全部の首を同時に壊さないと何度でも蘇るって話だけど……」

瑞樹と晴華の言葉に佳奈は絶句し、インカム越しに話を聞いていた柚子も驚いたのが伝わってきた。

「嘘じゃないみたいね」

相手が単なるモンスターではなく、ドラゴンの成り損ないでもない、正真正銘のドラゴンだと分かったことで、瑞樹は苦々しい表情でサーペント――改め、ヒュドラを見つめた。

「で、でもさ、ほら。ドラゴンってわけじゃないんじゃない？　浩介が言ってたけどドラゴンってツノがあるんでしょ？　見た感じ角とかないじゃん」

そう。ドラゴンには例外なく角がある。その角が見えないからこそ、浩介も敵はドラゴンではないと判断したのだ。だが……。

「それは……」

「……角ならある」

「え？」

「あそこ。後頭部に尖った鱗みたいな小さいのが。多分あれが角」

正面からでは見えないが、晴華の言う通り、モンスターの後頭部には小さな突起がついている。それを角というのであれば、あのモンスターは確かにドラゴンで間違い無いのだろう。

「じゃ、じゃあ、本当にドラゴンってことなの……？」

今まではドラゴンではないから何とかなるという思いがあった瑞樹達だったが、ここに来て相手が本物のドラゴンだと分かったことで恐れを感じるようになった。

これまでの戦闘を考えれば、それほど過度に恐れる相手でもないように思える。だが、それだけこれまでドラゴンが残してきた逸話が凄まじいということだ。中には、複数の特級や、『勇者』すら含む大規模な討伐隊が返り討ちにあったという話もある。学校でも、ドラゴンに遭遇したらどんな状況であっても逃げることを考えろと教えられる。ドラゴンという存在は、たとえどんな姿であっても警戒すべき存在で、モンスターの中の頂点に位置するような正真正銘の化け物である。

瑞樹達は今、そんなドラゴンと戦わなくてはならないのだ。恐れを感じないわけがない。

「み、瑞樹ちゃん、流石に逃げないとまずいんじゃ……。元々足止めと時間稼ぎなんだし、一旦退いて他の人達と一緒に戦った方がいいんじゃないかな……？」

「……そうね。相手がドラゴンとなると、それを倒さなくちゃいけないっていうのは流石に厳しいわね。もう奇襲も通用しないでしょうし」

元々瑞樹達が浩介に頼まれたのは、陸側での準備が整うまでの時間稼ぎだ。そういった意味ではすでに瑞樹達はその役割を果たしており、ここで下がったとしても誰もなにも文句を言わないだろう。

それを理解しているため、瑞樹は柚子の提案に頷き、ひとまずこの場を離れて浩介と合流することに決めた。

「みんな、退くわ――」

だが、そう思い通りに行くとは限らない。

当たり前の話だ。自分の周りを飛び回っていて自分のことを殺しにかかってくる存在。そんなものがいれば、誰だって恐ろしいに決まっているし、逃せばまた攻撃してくるかもしれないともなれば、目の前にいるうちに殺してしまおうと思うに決まっている。

人間だって、自分を狙っている毒蜂が目の前を飛び回っているとすれば、殺されまいと攻撃を仕掛けるだろう。たとえ逃げようとしたところで、後を追うか巣を見つけ出して殺そうとするはず。それと同じだ。

ヒュドラの周囲を覆っていた竜巻だが、今はその竜巻は綺麗に消え、代わりに瑞樹達の後方に複数の竜巻が出現した。それは、逃すつもりはないという意思に他ならない。

「なんか、逃がしてくれないっぽい感じなんだけど……気のせいじゃないよね？」

逃げようと思えば逃げられるかもしれないが、あくまでも〝かもしれない〟でしかない。もしあの竜巻を避けて進もうとした際、竜巻が突然攻撃を仕掛けてきたらどうする？　竜巻を避けて大回りしようとしても、そんな無駄なことをしていれば後ろから狙われるだろう。それはまずい。

「どうすれば……」

戦うにしては強すぎる相手であり、逃げるにしても逃げきれない。

浩介が足止めだけでいいと言ったにもかかわらずこんな海の上まで出張ってきてしまい、その結果自分達だけでドラゴンと戦わなくてはならなくなった。

瑞樹は、特級のモンスターと戦うと決めたのは自分なのだから、自分がどうにかしなければと悩み、思考を巡らせるが、いい案は出てこない。出てくるのは、不安を形にした弱音だけだった。

「そんなの、決まってんでしょ。逃げられないんだったら倒していけばいいだけだって。全部を壊さないといけないんだってんなら、全部を壊せばいいだけじゃん」

「う、うーん……それが難しいからこそ、有名になっているんじゃないかな……?」

「仕方ない。だって佳奈だから」

「ちょっとー。それってそういう意味なわけ?」

「褒めてるから安心して」

「いや、明らかに褒め言葉には聞こえなかったし」

しかし、瑞樹の吐き出した弱音とは違い、佳奈達三人は何とも気の抜けるような……それこそ普段通りと言ってもいいような会話を繰り広げている。

そんな様子を見て瑞樹は僅かに目を見開いて驚いた様子をみせ、そのすぐ後に眉を寄せて佳奈達へと顔を向けた。

「佳奈……」

「なーにそんなくらい顔してんのよ。元々あたしらはこいつを倒すためにここにきたんでしょ。逃げられないなんてのは関係ないじゃん。あたしらは、逃げられないんじゃなくって、逃げないの。逃げないでこいつを倒すんだから、後ろに竜巻があろうと逃げ道が塞がれようと、かまわないっしょ。むしろ力の無駄遣いありがとって感じ？」

そう言って笑みを浮かべている佳奈ではあるが、その手は震えている。当然だ。怖くないわけがない。

だがそれでも自身の不安を覆い隠して仲間を鼓舞し、生き残るための道を掴み取るために最善を尽くそうとする。その姿は、間違いなく『勇者』そのものだった。

「やっぱり、私なんかより……」

――佳奈のほうがよほど『勇者』に相応しい。

能力はあっても土壇場で悔やみ、答えを出すことができずに迷っている自分なんかよりも、生き残るためにみんなを勇気づけて立ち向かおうとする佳奈の方がよほど『勇者』らしい人間だ。もし佳奈が魔法を使うことができたら、あるいはもう少しだけ身体能力が高かったら、きっと自分ではなく佳奈こそが『勇者』と呼ばれていただろう。

そう思いはしたが、瑞樹はその想いを飲み込み、言葉にすることはなかった。

言葉にしてしまえば、弱さが自分のことを飲み込んでしまいそうな気がしたから。そしてそれ以上に、自分の憧れた姿になることすらも諦めてしまいそうな気がしたから。

瑞樹にとっての憧れは、誰も彼もを助けることができる人物――伊上浩介だ。

浩介自身はそんな瑞樹の言葉を否定するだろうが、それでも瑞樹にとっての憧れであることは変わらない。

それと同時に、佳奈も憧れの対象である。目標に向かって愚直なほどに真っ直ぐ進んで行くその姿は、尊敬に値すると思っている。

だが佳奈に抱いている感情は尊敬や憧れだけではない。負けたくない、負けるものかというライバル心も抱いている。実際、瑞樹と佳奈は、それぞれランクが違うのにお互いを意識し、成長してきた。

「……いえ、そうね。佳奈の言うとおりだったわ。私達は、あの〝モンスター〟を倒すためにここに来たんだもの。帰る時は、倒してからじゃないとよね」

そんなライバルの前で無様な姿を見せたことはもう仕方ないにしても、見せ続けるような真似はしたくない。そう思ったからこそ、瑞樹は弱音を吐くことをやめ、笑みを浮かべた。

「そ、それで、どうするの？　今までみたいに近づいてやるのは、難しいんじゃないかな……？」

「っと、そうだった。まあ警戒もされてるだろうしねー。……どうしよっか？」

すでに奇襲は一度仕掛けてしまっている上に、その奇襲によって大怪我を負わせたのだから、いくらモンスターといえど警戒するに決まっている。もう先ほどと同じ戦法は使えない。そのため佳奈は悩ましげな表情で問いかけたが、その問いに瑞樹が答えた。

「私と晴華が大技を使うわ。それで倒し切れればよし。倒しきれなければ、また私と佳奈で仕掛けるわ。無理そうなら、その時は撤退ね。流石に大怪我を負った後なら私達を逃さないようにするのも難しいでしょうから」

「オッケー！」

信頼する仲間である瑞樹が考えた作戦だからか、佳奈は一瞬たりとも迷うことなく頷いた。

「柚子、そこからじゃ見えないと思うけれど、足場をお願い、さっきの場所と同じところ、それが無理なら大体その辺りにいくつか作ってくれればいいわ」

「わ、分かった。でも、無理はしないでね。多分もうすぐ伊上さんだってくるはずだから……」

「大丈夫よ。死ぬつもりなんてないし、その気になれば逃げるだけならできるはずだもの」

実のところ、瑞樹のこの言葉に嘘はなかった。退路を竜巻で塞がれているものの、瑞樹自身が囮となって他の二人を逃し、後から自分が逃げればそれでどうにかなるのではないかと考えている。そのことに気付いたからこそ、今は落ち着いて考え、話すことができているというのもある。

「質問。魔法はどこから撃つ？」

「ここよ」

柚子に向かって笑みを浮かべた瑞樹に、晴華が問いかけたが、その問いに対する答えに晴華は眉を顰めた。

この場所から逃げることはできないのだし、今から距離を取ろうと陸に戻っていては時間がかかりすぎる。なのでこの場所から魔法を放つことになるのは当然のことではあった。

だが、当然の考えではあっても問題がないわけではない。

「……近すぎる」

「そうね。でも、遠くから狙ったんじゃ威力は落ちるでしょ？　それに今の状態じゃ、離れようとしてもどれだけ離れられるか分かったものじゃないわ」

「でも、魔法の構築を始めてから実際に放つまで時間がかかる。待ってくれるとは思えない」

退路を塞がれているのだからどこに行くんだという話になるのだが、それにしてもこの場所では魔法を使うには近すぎる。簡単な魔法であれば問題ない。だが、これから瑞樹達が使うのは準備から発動まで数秒で済むような小さな魔法ではないのだ。

今も多少は距離があると言えるが、魔法の準備をし始めて魔力の動きを感じ取ったら、いくらなんでも瑞樹達の行動を邪魔しないわけがないだろう。

しかし、そのことは瑞樹も理解しており、その対策も思い付いている。……対策、と言えるほど上等なものではないと瑞樹自身は思っているが。

「そうね。だから……佳奈」

瑞樹はその対策のために佳奈へと顔を向けたのだが、どこか迷った様子を見せている。それはきっと、仲間を危険に晒すような内容だからだろう。

瑞樹に見つめられた佳奈もそのことは理解している。だが、なんの問題もないとばかりに自信に満ちた笑みを浮かべながら瑞樹のことを見つめ返した。

「なに？　なんかやることがあるんだったら何でも言って。危険だからとか、気にしなくってもいいからさ」

「……そう。なら、あれの相手をお願いできる？　私達が準備してる間にこっちに攻撃を仕掛けないように、それから、あれが海に潜っちゃわないように止めておいて欲しいの。一人であれと戦えっていうのは、かなりの無茶を言ってるっていうのは分かってるわ。でも、佳奈にしか頼めないの」

「分かってるってば。そんな必死に頼まなくったってやるに決まってんじゃん。あたしら、仲間でしょ」

仲間が危険へ進むことを止めるどころか、その背中を押さなくてはならない瑞樹は苦渋の表情を浮かべたが、佳奈は笑いながら快諾し、ヒュドラに向かって体を向けた後、体をほぐし始めた。

「佳奈ちゃん！」

「っ！……柚子？　そんなおっきな声でどうかした？」

軽く体をほぐした後、一度深呼吸をしていると、インカムの向こうから柚子の叫ぶような声が聞こえてきた。

深呼吸の途中で大きな声が聞こえたからか、佳奈はビクリと体を跳ねさせたが、そんな事実はなかったとばかりに平静を装って柚子の声に応える。——が、その直後、佳奈の体を淡い光が包み込んだ。

「今できる限りの強化を、かけたよ。初めは少し、感覚がズレるかもしれないけど、多分全力は『勇者』にも、劣らないくらいになるはずだと思うの」

ところどころ不自然に言葉が途切れているが、それは今の柚子がそれだけ疲労を感じているからだった。サーペント——ドラゴンの攻撃に耐えられるような足場をいくつも形成するのは容易なことではない。これだけ距離があるとなれば尚更だ。そんな状態で強化魔法もかけたとなれば、疲労を感じて当然のこと。むしろ、これだけやったのに倒れていないことが驚きだ。

しかし、陸にいる柚子がどうなっているのかなど佳奈達から見ることはできず、状況が状況ということもあり柚子の状態には三人のうち誰一人として気づくことができなかった。

そして柚子の異変に気づくことがないまま、佳奈は自身の手を握ったり閉じたりして状態を確認し、話しかける。

「ほっほ～。それじゃあ、今この時だけはあたしは特級並みの力を持ってるってことでいいわけね」

「うん。……私は近くにいられないし、みんなと一緒に戦うことも、できない。こんなことしかしてあげられないけど、ごめんね」

「いやいや、なに言ってんのよ、柚子ってば。こんなこと、なんかじゃないでしょ。一級のあたしが特級の……それも『勇者』みたいになれる力を手に入れることができたんだから、支援としては十分でしょ。足場も作ってくれてるし、っていうかなんか疲れも抜けてる気がするんだけど？」

「すこしでも役に立てればな、って……」

「もー十分すぎるくらいよ。近くに居られないから一緒に戦ってないってことにはならないでしょ。ありがとね」

そう言ってから佳奈が笑ったのは柚子からは見えなかっただろう。だがそれでも今の佳奈がどんな表情をしているのか分かったのか、佳奈の笑みに応えるように柚子も笑みを浮かべた。

そして、佳奈はヒュドラへと視線を向け、だがそのまま集中するでも武器を構えるでもなく今度は瑞樹へと話しかけた。

「さて、と。──瑞樹。これであんたに並んだわ。今だけだけど、これであたしも特級よ。外付けの力だけど、まあ仲間の力だし多めに見てよね。もう瑞樹だけに特級の苦労だとか責任だとか背負わせたりしないんだから」

今までは『勇者』である瑞樹が常に危険に立ち向かってきた。最初に遭遇した特級も、ニーナが襲撃を仕掛けてきた時も、佳奈は逃げることばかり考えていて、最初に立ち向かったのはいつだって瑞樹だった。

強敵から逃げること自体は悪いことではないし、そもそもそれは伊上からの教えでもあるのだから、むしろ正しいことだろう。

だが、自分が逃げるという選択をした時に、友達は残るという選択をしたことが無性に悔しかった。

いつかは友人に追いつこう、あの隣に並ぼう。そう思っていても、その友人は特級であり、自分は一級でしかない。追いつこうと努力しても、友人も強くなっていくのだから永遠に追いつけるわけがない。

だが、もう違う。これは所詮他人の能力で強化されただけの仮初の力でしかない。だがそれでも、目標としていた友人の隣に並び立つことができるだけの力を手に入れたのだ。

もう大事な友人であり仲間である瑞樹だけを危険な目に遭わせる必要なんてどこにもない。

ならば、やるべきことなど決まっている。臆することなく、堂々と胸を張って隣に立てばいいだけだ。お前はもう一人じゃないんだぞ、と。そう言いながら。

「……ふふ。初めから一人で背負ってるつもりはないわ。けど、ありがとう」

突然の佳奈の言葉を受けて瑞樹は驚きに目を丸くし、口を震わせると、数秒ほど経ってから心の底から嬉しそうに笑みを浮かべた。

「それじゃあ、佳奈。任せたわ」

だが、いつまでもそうして話してばかりはいられない。今だってヒュドラは傷を癒やし続けているのだ。完全に治りきってしまえば、その時は大人しく見ているだけ、なんてことはなくなるだろう。

故に、まだ傷を癒やしきっていない今の時点で攻撃を仕掛けるべく、瑞樹は一度だけ深呼吸をすると意識を切り替えて佳奈へと指示を出した。

「オッケー。瑞樹、晴華、でかいの一発よろしくね」

「私だけついでっぽい」

瑞樹に頼まれたことで、佳奈は瑞樹と晴華の二人へと声をかけたが、そんな言葉に晴華が不満を返した。まあ不満といっても大したものではなく、冗談のようなものではあったが、先ほどまでの瑞樹と佳奈のやり取りを見ていればそう思っても仕方ないだろう。

「いやいや、そんなことないってば！　だから、ね？」

「後でご飯奢ってくれたら許してあげる」

「それくらいでいいんだったらいくらでも奢ってあげるって」

「そう。ならおっけー。許す」

「んじゃ、あいつを倒して帰ったら、みんなでどっか食べに行こっか！」

「佳奈、倒した後のことを言うのはフラグ……」

晴華は佳奈の言葉に苦言を呈したが、しかし当の佳奈本人はその言葉を聞き止めることなく空を駆け出してしまった。

「ふっ飛べえええぇ！」

駆け出してから数秒ほど経って、佳奈はヒュドラへと接近し、全力の一撃を叩き込んだ。

先ほどよりも佳奈の動きが早くなっているからだろう。ヒュドラは警戒していたのであろうが、そんな警戒を抜けて復活しかけていた頭部のうち一つを再び破壊することに成功した。

とはいえ、この相手はそのまま倒されてしまうほど間抜けな存在でもない。佳奈に頭部を一つ破壊されるや否や、ヒュドラは即座に動き出し、残っていた頭部で噛みつき、それと同時に水の塊を放った。

そのまま受けていればいかに強化された佳奈といえど怪我を負ったかもしれないが、それは佳奈自身が理解しているので当然その場から飛び退いて避ける。

「あっ！」

だが、順調に戦っているように見えても実際には綱渡りのような戦いであることは変わりなく、佳奈はその綱から落ちてしまった。

「佳奈っ⁉」

瑞樹が叫ぶが、今動けば魔法の構築が止まってしまう。そうなればただ魔力を無駄にしただけで終わってしまい、一度失敗すればヒュドラに逃げられることになるかもしれない。

そう考えた瑞樹は咄嗟に動くことができなかった。

だが、そもそもそんな心配をする必要はなかったようだ。

それを証明するように、海へと落ちていった佳奈だったが、空中で姿勢を立て直し、水を踏んで再びヒュドラへと突撃していった。

水を足場にしたためか、あまり速度は乗っていないが、それでもヒュドラへの攻撃を再開し、柚子の作った足場を利用した戦いへと戻ることができた。

「……あんなことをやられると、心配してた私が馬鹿みたいね。ふふ」

信じて送り出したのだから、心配なんてせずに自分のやるべきことだけをやっていればいい。そう考え直した瑞樹は、意識を手元の魔法へ集中させ始めた。

「──ふう。相手は正真正銘のドラゴン。この呼び方は好きじゃないけど、それでも私につけられた名前だもの。覚悟を示す名前としては、これ以上ないくらいよね」

そうして数分が経過し、ついに瑞樹の魔法が完成した。後はこれを晴華の魔法と合わせて同時に放つだけ。

そのためには晴華の方の準備が終わっていないといけないわけだが、どうなっているのかと晴華へと顔を向けると、その先にはすでに魔法の準備を終えて瑞樹のことを待っている晴華の姿があった。

特級であり『勇者』である自分よりも早く準備を終えていた仲間を見て瑞樹は、やっぱり自分なんて大したことないな、と思ったと同時に、『勇者』なんかよりもすごい仲間のことを誇らしげに笑った。

「晴華。やるわよ」

「ん。合わせる」

二人の準備が整い、後はこの魔法を放つだけとなった。

「佳奈、離れて！」

瑞樹からの指示を受け、攻撃を行おうとしていた佳奈はその行動を止め、すぐさま後方へと飛んだ。

なぜ急に攻撃をやめて逃げたのか。ヒュドラは不思議に思って佳奈のことを見つめていると、突然横と上から強大な気配を感じ、複数の首を動かしてそれぞれの方向を見た。その瞬間、ヒュドラの見ていた世界が一変した。

「――《天雷》！」

「――《絶火》！」

巨大なレーザーのような雷の塊と、空から叩き潰すように放たれた炎の柱。その二つが同時にヒュドラへと迫り、ヒュドラの視界はその二つの脅威に塗りつぶされた。

なぜそんなものが現れたのか。なぜそんなものが自身に迫ってきているのか。

ヒュドラがそんなことを考えたのかはわからないが、ヒュドラは瑞樹と晴華の攻撃を避

けることなく、ただその身で受け止めることとなった。

そして二つの魔法がヒュドラへと着弾し、轟音を立てて海が飛沫をあげる。あまりの衝撃で、ヒュドラから離れたところにいた瑞樹達でさえ一瞬だけ世界から音が消えたようにすら感じられた。

その衝撃は、着弾した海を荒らし、空を駆け抜ける。そのせいで瑞樹達は結界の上で体勢を崩してしまったし、今他の冒険者達が戦っている陸には津波が襲いかかることになってしまうだろう。

だが、そんな暴威の中であってもヒュドラはまだ生きていた。生きていたといっても首一本だけがギリギリ繋がっているという程度でしかないが、だがヒュドラにとってはそれで十分だ。そのまま時間が過ぎさえすれば、いずれは回復するのだから。今は海の中に潜ってこの場から離れ、時間を稼げばいい。

そう考えたかどうかは知らないが、ヒュドラはゆっくりと海の底へと沈んで行こうとした。

しかし、いくらヒュドラが回復するといってもそれは生きていればの話であり、この場には死に損ないのヒュドラを逃すつもりがあるものなど誰もいない。

「逃がさないわ！」

しかし、ヒュドラが海の中に逃げる直前、頭上から声が聞こえた。

ギリギリ一本だけ残っていた首がその声がした方向を見上げ――。

「これで――終わりよ！」

ヒュドラの首は切り落とされた。

先ほどの魔法を喰らってもまだ生きていると判断するや否や飛び出した瑞樹の剣によって、ヒュドラは全ての首を失うこととなり、今度こそその命を手放すこととなった。

もう動かなくなったヒュドラではあったが、それでも瑞樹は警戒を緩めることなく再びヒュドラの体に剣を突き立てた。だが、そうしてもヒュドラはなんの反応も示さず、そうしてようやく死んだのだと判断し、瑞樹は全身の緊張をほぐすように大きく息を吐き出した。

だが、それは少し気を抜くのが早すぎたと言えるだろう。

ヒュドラが死んだこと自体は間違いではない。問題なのは、今瑞樹が立っている場所にある。瑞樹はヒュドラを倒した後そのままヒュドラの死体の上に立っていたが、そのヒュドラの死体が徐々に沈み始めたのだ。

「あ、おわっ……きゃああ！」

足元が揺れるなか咄嗟にその場を飛び退いたが、疲れていたこともあり揺れる足場ではまともに跳ぶことができず、狙っていた足場へと届かずに落ちてしまった。

そのままでは海に落下してしまっていただろうが、そうはならなかった。

「せっかく敵を片付けたんだから、最後までカッコつけろよ」

「あ、ありがとうございます……」

いつの間にやってきたのか、浩介が水の上に立ちながら瑞樹のことを抱き留め、海に落ちるのを防いだのだ。

「ちょーー！　瑞樹大丈夫なの!?　っていうか浩介もなんでここにいるわけ!?」

瑞樹が落ちたのを見て、佳奈と晴華が自身の立っている足場から下を覗き込むようにして瑞樹へと声をかけたが、そこで佳奈はこの場にいなかったはずの浩介がいることに気がつき驚きの声を上げた。

「おう、お前ら。時間稼ぎって言っておきながら盛大に戦いやがって。さては人の話を聞いてねえな？」

「うっ……。いや、それはさ、ほら、今話すことでもなくない？」

どうにかしてお説教から逃れるため出てきた言葉ではあったが、確かにこんな足場の確かではない場所で話すことでもない。この足場だって、柚子が作っているからこそ存在しているもので、存在している限り柚子は消耗し続けるのだ。それを考えると、今話すことではないという佳奈の言葉は間違いではなかった。

「……まあ、そうだな。先に陸に戻ってろ。俺はこいつを連れて戻るから。話はその後だな」

小さなため息の後に吐き出された浩介の言葉を聞き、佳奈と晴華はその場から逃げるようにして陸へと走り去り、それからしばらくして空中に存在していた結界の足場も消えていった。浩介は水の上を歩けるのだからもう必要ないと考えて柚子が消したのだ。

「え、あの、伊上さん。この年でお姫様抱っこっていうのは、ちょっと恥ずかしいんですけど……」

「つってもお前、今降ろしても立てないだろ？　足場も消されたからまた海の上に落ちるだけだ。まあ陸に着くまでの少しの間だ。大人しく抱かれとけ」

「抱かれ……」

抱かれる、という言葉に何か感じることがあったのか、瑞樹は恥ずかしそうに顔を赤らめながらも浩介にお姫様抱っこされて陸まで運ばれることとなった。

しかしそんな自身の状態に気づかれないようにするためか、瑞樹は慌てながら話し始めた。

「と、ところで、伊上さんっていつからいたんですか？　やけに助けてもらったタイミングが良かった気がするんですけど……」

「ああ、まあ少し前から見てたな。手ェ出そうかと思ったんだが、お前達だけでも十分倒せそうだったし、そのまま見ることにした」

「そうだったんですか。……あの、伊上さんから見て今回の私達はどうでしたか？　うまくやれてたでしょうか？」

「まあ、よくやったんじゃねえのか？　少なくとも、以前のお前達じゃ対処できない相手だった。それを考えると、多少の粗はあっても随分と成長したな」

「はいっ！」

そんなことを話しながら、浩介は瑞樹のことを抱きかかえたまま陸へと近づいていく。

「……どうぞ、お姫様。足元にお気をつけください」

そのまま二人は進んでいき陸に着くと、浩介はせっかくだからと冗談めかしつつ瑞樹を降ろそうとしたのだが、どういうわけか瑞樹は浩介の服を掴んだまま降りようとしない。

「おい、どうした。降りろよ」

「もう少しこのままで、って言ったら、どうします？」

「宮野……」

抱かれながら浩介の服をぎゅっと掴み、上目で覗き込んでくる瑞樹に、浩介はわずかにどうすべきか。どう対応すればいいか、どんな言葉をかければいいか、そう悩んでいる間に時間が過ぎていく。

「瑞樹――！　大丈夫――⁉」

と、そこで先に陸へと戻っていた佳奈達がこちらに駆け寄ってきた。

「っ！　あ、お、降ります！」

「っと。本当に足元気をつけろよ。疲れてる時の砂浜ってのは転びやすいぞ」

浩介から忠告を受けつつ降りた瑞樹だったが、やはり先ほどまでの戦闘の疲れが抜けきっていないのだろう。まだ僅かにふらついている。

「ところで、伊上さんがこっちに来たということは、もう話は終わったのでしょうか？」

「ああ。元々あの化け物をどうするか、ってのが話の内容だったからな。お前達が倒したんだったら特に話すこともなくなる」

倒したから話がなくなる、と言ったが、実際のところは瑞樹達が先ほどのヒュドラを倒していまいと、話すこと自体はほとんどなかった。

足止めだけでいいと言っていたにも関わらず、海に出て特級と戦い始めた阿呆四人組の助けに向かうべく、伊上は割と強引に話をまとめていたからだ。

もっとも、急いで駆けつけた時にはすでに討伐自体は終わっていたし、討伐してしまったことでせっかくまとめた話も意味のないものへ変わってしまったが。

「つまり、私達大活躍（だいかつやく）？」

「そうだな。まあ、大活躍どころの話じゃないけどな」

活躍はしたのは確かだが、浩介の指示を無視しての行動だったため言ってやりたいこともある。だが、今は疲れているだろうし、まだ完全に戦闘が終わったというわけでもないので、説教をすることもなくため息一つで終わらせた。

「んで、これで終わりなわけ？　それともまだ敵がいるの？」

「敵そのものはまだいるみたいだな。暗くてどのくらいいるのかってのまではわからないが、向こうで戦ってる」

浩介が指差した方向では、いまだに他の冒険者（ぼうけんしゃ）達が魚のモンスターと戦い続けていた。

「じゃあそっちに加勢に行った方がいいんでしょうか？」

「いや、お前らはもう十分戦ったろ。あんな大物を倒したんだから、少しくらい休んでいても平気だ。向こうにだって冒険者はいるわけだし、大物を倒さなくていいんだってんなら向こうも喜んで雑魚（ざこ）処理してくれるだろ」

実際、魚のモンスターと戦い続けているとはいっても、苦戦しているわけではない様子だ。ただ処理に時間がかかっているだけで、このまま待っていても解決は時間の問題だと思われる。

「あの、それじゃあ結界の方はどうしたら……まだ張っておいた方がいいですか……？」

柚子は瑞樹の指示に従って戦闘区域外にモンスターが流れ込まないように大規模な結界を張っていた。もうモンスターの大半は片付けてあるし、大物も倒したのだから解いても問題ないのではないかと思い問いかけたのだ。

「あー、どうすっかな。もう数は収まってきたって言っても、まだ敵がいるわけだし、悪いが余裕があるようならもうしばらく維持しててもらえるか？」

「は、はい。分かりました」

そうして浩介達は一旦休めそうな場所まで移動し、座って休むことにした。

「ねえ、休んでいいんだったら休むけどさー……結局何であいつらこんな時間にやってきたわけ？　まだ何も分かってないの？」

座って一息ついたところで、佳奈が今まさに起きている騒動の原因について問いかけた。

「ああ、どうやら昼の討伐の時に誘引剤の原液を海に落としたみたいだ。ほら最後に宮野が何か落とすのを見たって言ってたろ？　あれがそうだったらしい」

浩介に言われたことで瑞樹は記憶を辿っていき、数秒ほど経ってからその時の出来事を思い出した。

「ああ、あれですか。あれ？　でもあの時からだいぶ時間が経ってませんか？　昼の作戦中には、誘引剤を撒いてから十数分くらいで敵が来ましたよね？」

「落としたっていっても結界があったからな。それに阻まれてたんだろ。だが、モンスターが集まりすぎて結界が耐えきれずに壊れたわけだ」

昼に落としたポリタンクから流れ出た誘引剤がモンスターを呼び寄せたが、雑魚が集まったところで結界はどうすることもできなかった。だからすぐには問題が起こらなかったのだ。

だが、誘引剤によって集まったモンスターが処理されることなくどんどん集まったせいで負荷が許容範囲を超えてしまい、ついには結界が壊れて一斉に、というわけだ。おそらくは先ほど瑞樹達が倒したヒュドラも、その誘引剤に惹かれたか、あるいは一箇所に集まり続けたモンスター達がいたことで寄ってきたのだろうと考えられる。

「っていうか、そんな大事なものを落としたんだったらすぐに連絡したり回収したりするもんじゃないの？」

「落としたって言っても一個だけらしくてな。それ自体はすぐに回収したみたいだが、蓋が開いてたっぽいんだよ。だが蓋が開いていたっていっても、その程度の量ならどうせ敵を呼び寄せて倒した後なんだし大丈夫だろう、って放っておいたら今になってやってきたらしい」

浩介からしてみればモンスターのことを甘く考えすぎだと言いたいところではあるが、起きてしまったものは仕方ないとしか言いようがない。

「まー、あれだけ倒した後だとそう思っても仕方ないかも?」

「でも迂闊。せめて連絡は全員に入れておくべき」

「そうだね。そのための冒険者のはずなのに、どうして教えてくれなかったのかな?」

「まだ私達が認められていない、ということなんでしょうね。誰からも頼りにされる本当の『勇者』だったら、たとえどんな状況でも連絡や相談がくるはずだもの」

実際そんな瑞樹の考えは間違いではなかった。いかに『勇者』といえど、瑞樹はいまだに表立った実績は何も上げていない。その上、見た目で言えば可愛らしい女子高生でしかないのだ。いざという時に頼る相手と考えるのかどうかといったら、そうとは考えないものが大半だろう。

「まあ、そういった面もあるだろうな。今回の異常事態は、有志団である自分達でできるんだ、守るんだなんて意地を張った結果起こった人災と言ってもいい。お前らも気をつけておけよ。小さなミスで死にかけることなんて、よくあることなんだからな」

「はい」

浩介の忠告に瑞樹達は頷き、そんな素直な瑞樹達を見て浩介はふっと口元に笑みを浮かべた。

「ん……」

だが、そうして浩介達が話していると、不意に晴華が声を漏らしながら視線を海へと向けた。

「安倍？　どうかしたか？」

「……あっちから、違和感。魔力が動いてる？」

少し躊躇いがちに出てきた晴華の言葉を聞いて、浩介はぴくりと反応を見せ、眉を寄せて厳しい表情をしながら問いかけた。

「っ！　安倍、それはどんな感じだ？」

「え、なに？　なんかあんの？」

「さあな。だが魔力が動くなんて魔法を使った時くらいのもんだ。だが、安倍の見た方向には魔法を使ってる奴なんていない。そうなると考えられるのは別の要因だが……」

「ゲートが開いた。でしょうか？」

浩介の言葉を遮るように瑞樹が問いかけた。その声に釣られて瑞樹へと顔を向けた浩介は、まっすぐ自分のことを見ている瑞樹と目が合い、頷きを返した。

「まあそうだな。つっても、開いたのかはわからない。閉じた場合でも魔力の反応は感じ取れるからな」

ゲートは発生する時も崩壊する時も、その前後で魔力の異変が感じ取れるようになっている。もし晴華が感じ取った魔力の異変というのが本当であるのなら、それはゲートに関係するものである可能性が高いと浩介は考えている。だが、それが発生か崩壊か、どちらなのかまではわからなかった。

「ねえ、晴華ちゃん、どっちかわかるの？」

柚子が晴華へと問いかけるが、晴華は難しい顔をして海の向こうを睨みつけている。

「……多分、閉じた？　前に見たゲートの出現と違う気がする、と思う」

柚子の問いかけから数秒経って、ようやく口を開いた晴華だったが、その言葉は自信なさげなものだった。

「でも、なんだって急にゲートが閉じたりしたわけ？」

「誰かが近くにあったゲートを破壊した……わけじゃないですよね？」

「それだったらこっちにもゲートに関する情報が来てるはずだ。いくら俺達が侮られているといっても、そんな重要な情報を渡さないほど馬鹿じゃないだろ」

瑞樹達は依頼人から侮られているが、だからといって近くに存在しているゲートの情報を寄越さないなどという愚かなことはしない。であれば、そのゲートは依頼人達すらも観測していない全く新しいゲートであると考えられる。

「じゃあいったい、何が原因なんでしょうか……？」

「多分だが、ヒュドラじゃないか？　あれが死んだからその影響で、ってのが一番考えられることだろ」

現状で最も考えられるのは、浩介の言ったようにヒュドラが死んだからこそその影響でゲートが崩壊した可能性だろう。ヒュドラがダンジョンの核であったのであれば、おかしなことではない。

「でもヒュドラって、あっちの魚達とおんなじ場所から来たんでしょ？　じゃあそっちも消滅しないとおかしくない？」

「なら元から違うゲートの存在だったんだろ。生態も、似てはいるがまったく同じってわけじゃないしな」

現在も陸に向かってきている魚型モンスターとヒュドラでは、その生態が違う。であれば、その二つの種は別のゲートの存在で、たまたまやってくる方向が同じだっただけだ、と考えることができる。

「でも、どうするんですか？　仮にゲートの崩壊だとして、そのまま放置で平気なんでしょうか？」

「……基本的には放置で構わないはずだが、その辺は『上』の奴らに聞いてみないとだな。ゲートの崩壊だと予想しているが、それが本当なのか確証はない。安倍だって断言できるわけでもないだろうしな」

　ゲートが崩壊するというのであれば、すでにゲートから出てくるモンスターも消滅しているだろうし、放置したところでなんら問題はないはずだ。

　だがゲートが崩壊するというのはあくまでも浩介達の予想でしかなく、これがもしゲートが発生した方であれば、黙って見過ごした場合大変なことになる可能性がある。実際にゲートを攻略するのは浩介達ではなく別のチームだろうが、それでもゲートの場所の特定くらいはしておくべきだろう。

「もしゲートの崩壊ではなく、ゲートの発生であれば、そこからモンスターがやってくる可能性はある。それを確認するためにも、一度は様子を見に行く必要があるだろうな。まあそれも、『上』と依頼人の考え方次第だが」

　確認する必要はあるとはいえ、現在の浩介達はあくまでも依頼を受けている身である。そのため、ゲートの存在を感じ取ったからといって勝手に動くことはできない。

「ちょっと待ってろ。電話してくる。お前達は、確認に向かうことになったとしても動けるように準備しておけ」

「はい！」

そう言い残して浩介は『上』との窓口である佐伯に電話をかけ、晴華の感知したゲートへの対応を決めていくのだった。

五章　勇者一行と教導官

やはりというべきか、俺達にはそのゲートの場所の確認と、可能であれば内部の状況の調査が命じられた。命じられたといっても、あくまでも〝頼んだ〟という形だが、容易く断れる類の頼みではないので、命じられたと言ってしまっても合っているだろう。

依頼人としても、『上』からの頼みであるために嫌とは言わず、俺達に自由行動の許可を出した。

「それで、安倍。奴はこっちでいいのか？」

そんなわけでゲートの調査のために有志団から人を借りて船を出してもらったわけだが、ゲートの場所に関しては安倍の眼だけが頼りという状況だ。街中であれば国が設置した装置が魔力の異常を感じ取ってくれるが、海などの陸から離れた場所であれば、その装置も異常を感じ取ってはくれない。

そのため、安倍のように異変が分かる者が自身の眼で見て確認するしかないのが現状だ。

そして今回ゲートを探しに行くことになったわけだが、ここで重要になってくるのがそのゲートが発生したであろう場所だ。もし海中に発生していたのであれば、俺達だけでは確認することもできない。もっとも、それならそれで構わないのだろうが。

あくまでも予想ではあるが、今回はゲートの発生ではなく崩壊を感じ取ったものだ。であれば、たとえ海中であろうとも、おおよその場所さえわかれば後はしばらくの間その地点を監視(かんし)しておけばいい。そうして監視を続けていれば、そのうちには完全に崩壊して消滅するのだから。

だが、おそらく今回はそうはならないと思っている。予想でしかないが、安倍が感じ取ったゲートは陸上にあるだろうから。

俺がそう思ったのにもちゃんと理由がある。ヒュドラは水棲(すいせい)の生物ではあるが、水の中だけで生活しているわけではなく陸地でも生活している種だ。であれば、完全に水中に浸(ひた)ってしまっているゲートは、ヒュドラの生態からは外れることになる。ダンジョン内部には水の環境(かんきょう)があるだろうが、おそらくはゲート自体は陸地にあるだろう。

「多分。あっちにゲートがあるっぽい感じがする」

「じゃあ、やっぱりあの小島が目的地か……」

視界の先にあるのは、本当に小さな島。木や植物は生えているが、人が住むにはあまりにも小さすぎると言わざるを得ないような場所。だが、だからこそゲートが存在している可能性が高いと言える。人が存在していなければ、これまでゲートが見つかっていなかったのも当然だろう。

「今回ってさー、中をちょっと確認するだけでいいんでしょ？」

「まあ、そう言われてるな。本当に崩壊するゲートであれば、中にはモンスターがいないから、少し見て回ればすぐに分かるはずだ」

ちょっと歩いただけじゃ分からないかもしれないが、中に入って安倍や宮野が魔法を放ってみてなんの反応もなければ、それで終わりだ。

「あの、でも、モンスターが出ないにしても、何も情報がないダンジョンに入る、ってことですよね？　大丈夫なんでしょうか……」

北原が不安の声を上げたが、実際その考えは間違っていない。俺達はこれからなんの前情報もないダンジョンに入らなくてはならないのだから。

誰も入ったことのないダンジョンはそれだけで危険の塊だ。何せ、先がどのような状況になっているのか誰もわからないのだから。

基本的にはゲートが現れた場所の環境と似たような環境になるため、今回でいえば水辺となるだろう。向こうから水が逆流してきていなければゲートの出入り口自体は陸にあるということになるが、それ以外には何もわからない。もしかしたら上空かもしれないし、毒沼の目の前かもしれない。トラップだって仕掛けられているかもしれない。モンスターがいないからといって油断していい場所ではないのだ。

そんな何もわからない場所に進まなくてはならないのだから、危険でないはずがない。

「まあそればっかりは行ってみないことにはなんとも、って感じだが……危険があると思った方がいいだろうな」

何もないと考えて油断して死ぬよりも、警戒に警戒を重ねて肩透かしを食らった方が圧倒的にマシだ。

「まあ大丈夫っしょ。なんとかなるなる」

「おい、浅田。油断は――」

「するな、ってんでしょ？　わかってるってば。でも、不安に思いながら進むより、自信を持って進んだ方が良くない？」

「私達ならいける」

「安倍もか……。まあ精々気いつけろ」

確かに自信がなさすぎるのも問題ではあるのだが……まあ、俺が気をつけていれば大丈夫か。こいつらだって、言うほど無茶して進みはしないだろう。

そうして話をしながら進んでいると、ついにゲートが存在しているらしい島へと辿り着いた。

島自体は特にこれといった何かがあるわけでもなく、モンスターは存在していなかった。

ただ、地面には巨大な何かを引きずった痕があり、よく見るとそこらに何かの骨など、生物の残骸が存在している。これを見るに、あのヒュドラはまず間違いなくこの場所からやってきたのだろう。

その後しばらく地面についている痕を追っていくと、ついにゲートを見つけることができた。あとはこの中に入って状況の確認を行うだけ。

「ここが……」

「んで、晴華。実際どうなの？　なんかわかったりしない？」

「ん……歪んでる？」

「まあ、十中八九崩壊中ってことなんだろうな。特級が出てくるほどのゲートだから、実際に崩壊するのは後数時間はかかるだろうが、まあ時間の問題だな」

俺の感覚としても、この感じは発生ってよりは崩壊だろうと思える。

ただ、あくまでも感覚的なものなので、実際に中に入って確認しないで終わるわけにはいかない。まあ、崩壊中であればモンスターはいないだろうから、確認程度はすぐに終わるだろうけどな。

「それじゃあ確認作業を行うが、北原。まずは俺に守りの結界を張ってくれ。浅田にぶん殴られても一撃くらいは耐えられそうなやつな」

「なんで基準があたしなわけ？」

「は、はい！」

浅田が不満を口にしているが、それを無視して北原が俺に守りの魔法をかけていく。これで何があっても即死することはないだろう。多分ドラゴンの一撃でさえ耐えられるはずだ。

だが、かけられた魔法について確認していると、宮野が眉を顰めながら問いかけてきた。

「あの、伊上さん。もしかして、伊上さんが最初にダンジョンの中に入ろうと思ってますか？」

「ああ。お前達は初めて発見されたダンジョンに潜る際の注意、なんてのは知らないだろ？」

宮野達は発見されてから初めて調査が行われるダンジョンに入ったことがない。そんな宮野達を連れていけば、もし何かあった際に咄嗟の行動が遅れて被害が出る可能性がある。ここは俺一人で行くのが確実だ。

「ですが……」

「安心しろ。俺はこれが初めてってわけでもねえんだ。北原の守りもあれば、すぐに死ぬってこともねえ。少なくとも中がどんな状況かくらいは伝えることができるさ」

そう伝えると、宮野は自分が足手纏(あしでまと)いになるとでも思ったのか、額のしわを深めて、かと思ったら深呼吸をしてからこちらを見つめてきた。

「では、ご武運を」

「そんな祈(いの)られるほど大層なことでもねえよ。まあ、少しだけ待ってろ」

「油断しないでよねー」

「頑張(がんば)って」

「あの、よろしくお願いします」

かけられた声に軽く手を振(ふ)って答えてから、いつでも動けるように警戒しつつゲートを潜(くぐ)っていった。

……奇襲(きしゅう)はなし、か。

ゲートの中に入って最初に警戒しなくてはならないのは敵からの奇襲だが、やはり崩壊が始まっているからだろう。周囲にはなんの気配もなかった。

「……少しの自然と砂場。それから周囲を埋め尽(う)(つ)くす水。海の中の小島って感じか。もはや外の光景と大して変わらねえな」

環境としてはそんな感じだ。火口付近でも深海でも真っ暗闇の中でもなく、なんの準備もなくとも問題なく活動することができる環境。存在してる自然も、森ってよりは林って感じの密度。

まあ、ヒュドラの生態を考えると、そうだろうなと納得できる環境だな。

しかしまあ、ここまで何もないなら、宮野達を連れてきても問題ないか。

そう判断し、俺は一旦ゲートを潜り直して宮野達の元へと戻ることにした。

「よお、戻ったぞ」

「伊上さん！　怪我はありませんか⁉」

「平気だ。何もなかったしな。で、多分だが敵もいないし、本当に崩壊中のダンジョンだろうな」

俺がそう言うと、宮野達四人はそれぞれ安堵した様子を見せた。

「じゃあこれでおしまい？」

「いや、一応安倍にも中に入って確認してもらう」

大丈夫だとは思うが、これで安倍に見てもらってモンスターの反応や、ダンジョンの魔力の流れなんかを確認してもらった方がいいだろう。

「どうだ？」

「ん。この前と同じ。多分崩壊中のはず」

「そか。んじゃまあ、これで確認も終わりだな」

四人を連れて再びダンジョンの中へと戻っていったのだが、周囲を見回した安倍の言葉を聞いて今回の〝頼み〟が終わったことを理解した。後はゲートの場所や状態について佐伯さんに報告するだけでいいな。

「いやー、これで今回の仕事も終わりか～」

「まだ油断しないでよ、佳奈。依頼そのものが終わったわけじゃないのよ」

「わかってるけどさぁ、特級も倒したし、残りの敵だって大したことない感じなんでしょ？」

「それでもよ。もしかしたら、ここから何かまた起きるかもしれないじゃない」

「本来のゲートから特級が出てくるとか？」

「あとは、またいきなりゲートができる、とか……？」

「他にも何かあるかもしれないし、とにかく気をつけましょう」

なんて、どこか気楽さを感じられる様子で話をしている宮野達だが、実際に油断している様子はない。

学生であるにもかかわらず自分達だけで特級を倒し、それに浮かれることなく警戒を続けている。そんな姿を見ていると、こいつらは本当に成長したんだなと思わずにはいられない。

「お前らほんと成長したな。まさか、特級を相手にしてなんの事故もなしなんて、初めて会った時のお前らからは想像できない成長だ」

俺はこいつらだけで特級と戦うことになれば誰かしら欠けることになる、あるいは生きていたとしても重傷を負うことになると思っていたが、そんなことはなかった。俺がこいつらのことをみくびっていたのか、それともこいつらが俺の想定よりも成長していたのかはわからないが、何にしてもこいつらが強くなっていることは間違いない。

「そうですね。私自身、だいぶ成長したなって思ってます」

「まあね。今のあたしらなら、特級が相手でもどうってことないってもんよ」

「佳奈ちゃん。そうやって調子に乗っちゃだめだよ」

「分かってるってば。実際になんかするときは気を抜かずにやるから、今は許してよ」

「でも本当に、最初に伊上さんと出会った時の私達とは違うんだ、って自信を持って言えるわね」

まあ、最初の時は単なる調子に乗ったガキでしかなかったからな。俺と一緒に行動することになった時なんて、覚醒者としてのランクだけで相手を判断し、見下してたような状態だった。

実際にダンジョンに潜ることになっても、そのダンジョンのことをよく調べもせず、ただ学校からの評価が良さそうだから、なんて理由でゴブリンの巣穴なんて選んでた。そこでゴブリンのことを倒すこと自体はできていたが、それだけだった。倒した後の光景を見て、その気持ち悪さから吐いていた。敵を殺すということの意味も知らず、実際に経験して初めて理解し、心が折れかけていた。

「……私だけ仲間はずれ」

なんて、当時のことを思い出していると、安倍が不満そうに呟いた。

「え? 何が?」

「初めての時、休んでた」

「あー、そういえばそうだっけ」

「最初だからって張り切ってたのに、熱出ちゃったもんね」

そういえば、最初は宮野と浅田と北原の三人だけだったか。熱を出して休んでいるとは聞いたが、そんな子供が遠足前にはしゃぐのと同じような理由だったのか? 今更ではあるが、初めて聞いたな。

「まあでも、こう言ったら晴華には悪いけど、あの時休んでくれて良かったかなって思うわ。だって、じゃないと伊上さんと出会えなかったもの」

「人数が足んないからって受付で足止めされてたんだっけ？」

「ええ。確か、佳奈は受付で叫んでたのよね。なんで入れないんだー、って」

ああ、そんな感じだったっけか。確か、あの時浅田の大声に反応して隣の受付を見たことで、たまたま宮野と目が合ったから話を持ちかけられることになったんだよな。

「そ、それは……言わなくても良いじゃん。あれよ。若気の至り的な感じので……」

「今もだいぶ若いけどね」

あの時のことは自分でも失態だと思っているのか、浅田は恥ずかしそうに顔を背け、その様子を宮野達三人が微笑ましそうに見ている。

「……でも、あの時のことがもう一年も前なんですね」

「やっぱし、時間って早いよねー」

「時間の流れをしみじみ言うのって、なんか年寄りくさい」

「誰が年寄りだってのよ。まったく」

確かに、もう一年か、って感じはするな。この一年の間でこいつらは大分成長した。それこそ、俺の予想を超えるくらいにな。

……俺はまだ、こいつらの教導官でいられるだろうか？　宮野達を見ていると、ふとそんな考えが頭に浮かんできてしまった。

　こいつらはもう自分達だけで特級を倒すことができるだけの力をつけた。今後『勇者』としてやっていくことになったとしても、こいつらならうまくやることができるだろう。ならもう、俺はこいつらにとって必要ない存在なんじゃないだろうか？　そんなことを思ってしまったんだ。

「うーん。でもさー、強くなったって言ったけど、実際のところあたしらどれくらい強いわけ？」

　どこか後ろ向きなことを考えていると、浅田が疑問を口にした。

　どのくらい強いのか、か。強いことは確かだが、どのくらいって言われると明確な数値があるわけでもないし、なんとも言えないな。

「え？　まあ、特級を倒せるくらいだから、それなりなんじゃないかしら？」

「まあそうなんだろうけどさあ……でもあたしら、模擬戦とかで浩介に負けてんじゃん」

「あー、うーん。でもそれは、ほら。伊上さんだから」

「コースケは強い」

「うん。たまに勝ったりはするけど、基本的には負け越してるよね」

　一応今まで何度もこいつらと模擬戦の類はしてきたが、だいたい俺が勝っている。中には負ける時もあるが、勝率で言えば俺が七割くらいなもんだろう。

「お前ら、そんなんで大丈夫かよ。俺如きが強いなんて言ってると、この先やってけねえぞ」

俺が色々と小細工をするからってのもあるだろうが、それにしても特級や一級が三級である俺に負け越してるってのはまずいんじゃないだろうか？

とはいえ、そうなってる理由も理解できる。こいつらは確かに強くなったが、それはモンスターを相手にした戦いに関してでしかないということだ。象を倒す方法と人間を倒す方法では全く別物だろう？　そういうことだ。

だがそうなると、これからは対人戦をもっと鍛えた方がいいんだろうか？

これからは宮野達はどんどん有名になっていくことだろう。そうなれば宮野達を邪魔に思い、消そうとするのが人の世ってもんだ。

つまり——人間対人間の戦いが起こる。

その際に、俺みたいな卑怯な手を使う奴が宮野達の前に出てこないとも限らない。いや、きっと出てくる。

そんな奴が相手として出てきた時にも問題なく対処できるようにするために、これからは宮野達にはモンスターよりも人間との戦い方について教えるべきか。何せ特級モンスターを倒せるのだ。もうモンスターに関しては十分だろう。

「いやいや、あんたが強すぎるんだってば。あんた、自分の強さとか分かってんの？」

「そうですよ。伊上さんはよく自身のことを三級だ、と卑下してますけど、絶対に三級の強さじゃないですからね」

「まあ、そりゃあ俺だって自分が普通の三級と同じくらいの強さだ、なんていうつもりはねえよ。それなりにやるってのは理解してるさ。だが、それでも能力値で言ったら三級だってことに変わりはねえんだぞ？」

　これでも宮野達の……『勇者』の仲間に加わったこともあって、今まで以上に鍛えはした。装備だって『上』から良いものを回してもらえるようになったし、以前よりも強くなったと言えるだろう。他の三級達と戦った場合、まず間違いなく勝つことができるはずだ。二級にだって勝てるだろう。

　だが、所詮はその程度だ。いくら技術があっても、知恵があっても、油断したり調子に乗ったりしたらすぐに死んでいく程度の存在でしかない。だから俺は、自分が強くないんだと言い続ける。

「そうかもだけどさー。やっぱ納得いかない感じなのよねー」

「でも、いつか抜かす」

「ほう……？」

予想していなかった安倍の言葉に、思わず声を漏らしてしまった。

「私達も、ずっと弱いままじゃない」

安倍へと顔を向けると、安倍は確たる想いをのせた眼で俺のことを見つめていた。これは嘘や冗談ではなく、本気でそう思っている奴の眼だ。

「……いいこと言うじゃん、晴華！　そうよねー。浩介だってあたしらの方が才能あるって認めてるんだし、負けてばっかってわけじゃないっしょ。もしかしたら実はもう抜いちゃってるかも？」

そんな安倍に感化されたのか、先ほどまでは〝負けて当然〟というような雰囲気を醸し出してい浅田も挑発的でやる気に満ちた表情を浮かべながら言った。

「そうね。いつかは伊上さんに勝てるようにならないとね」

「で、できるのかなぁ……」

「……はっ。できるに決まってるさ。そもそも、〝いつか〟じゃなくて、今の時点で俺に勝てないのがおかしいんだよ」

そう。いくら教導官っていっても、才能面では圧倒的にこいつらが上なんだから、勝てない方がおかしい。まあ、俺がこれまで命懸けで鍛えてきた結果をこいつらがたった一年で抜かすってなったら、少しばかり不満を感じるけどな。

「なら、一回戦ってみる?」

才能ってのは不公平だな、なんて分かりきってることを改めて思っていると、突然安倍が戦いの提案をしてきた。

「は?　急にどうした」

「私達がどれだけ成長したのか、一回本気で戦ってみれば分かる」

「あ。そーねー。いいんじゃない?　あたしらも強くなったんだし、一回本気でやってみて、今のあたしらがどれくらいなのか知りたいかも」

「お前らと本気で、だと?」

「ほら、これも教導官の仕事の一環ってことで。ね?」

戦ってみればって……でも、確かに一度本気で戦えば、俺がどの程度の力を持っているのか、確認することができるか。それに、教導官として、なんて言われると拒否しづらいし戦うこと自体はありかもな。

「でも、私達が本気で戦うってなると、結構お金かかるんじゃないかしら?　多分だけど、周辺を壊しちゃうでしょ?」

「あー、修理費かぁ」

確かに、それがあるから今まで本気でこいつらと戦うことがなかったんだよな。ダンジョン内で戦ってみることも考えたが、流石にモンスターがいる中での模擬戦なんて危険すぎる。それに他にもダンジョンに来ている冒険者を巻き込むかもしれない。そういった色んな理由から本気の模擬戦はできないでいた。

「だ、だったら、ここでやるのはどうかな？」

ここでやるって……いや、でも北原の提案は悪い案ではないか。

「んえ？　ここ？　ここって……ダンジョンの中ってこと？」

「う、うん。このダンジョンなら、どれだけ暴れて壊しても誰も文句なんて言わないし、近いうちに崩壊するダンジョンなら尚更でしょ？　それに、このダンジョンには他に誰もいないいし、迷惑もかけることないから。だから、ちょうどいいんじゃないかなって……」

「いやー、でも危なくない？　モンスターがいないっていっても、ここダンジョンっしょ？」

「そうね。まだ予兆だけとはいっても、もしかしたらすぐにでも崩壊が起こるかもしれないし……でも、いい機会だっていうのは確かよね」

宮野の言ったように崩壊という危険はあるが、逆にいえばそれくらいしか問題となるようなことがない。その崩壊だって、すぐにどうなるってものでもないはずだ。

「伊上さんはどう思いますか?」

「ん……まあ、そうだな。いいんじゃねえのか?」

「いいの?」

俺がダンジョンでの模擬戦を了承したのが不思議なのか、安倍が問いかけてきたが、ここで戦うって北原の提案は悪いものではないと思っている。

「ああ。俺もお前らとは一度手合わせした方がいいんじゃねえのかって、思ったんだよ。ここなら、まだ崩壊も予兆が出始めたばかりだし、後数時間は耐えられるだろ。それに、いざ崩壊が始まったっていっても、ゲートの場所はわかってんだから、逃げられるだろ」

俺がこいつらと戦おうと思った理由は二つある。一つは、純粋にこいつらのためだ。ここで全力で戦うことはきっとこいつらのためになる。嫌々ながら始めた教導官ではあるが、教導官である以上はこいつらのために動くべきだ。

そして、もう一つの理由は……俺に自信がないからだ。

さっき、俺はまだこいつらの教導官でいられるのか、なんて考えてしまった。

宮野達が言ってくれたように、俺は普通の三級と比べれば強いだろう。本気のこいつらと共に行動しても置いていかれるつもりはない。

だが、絶対にそうだとは言い切れない。

きっと、今回の件はいろんなところに広まるだろう。今までのように事情があって公にできないような状況でも、他に勇者がいる状況でもないのに特級のモンスターを宮野達だけで倒すことができたのだから。

そうなれば、これからは強敵と戦うような依頼が出てくるかもしれない。

もしそうなった時、俺は宮野達についていけるのか？　……わからない。もしかしたら、俺がこいつらの足を引っ張ることになるかもしれない。

今回宮野達と本気で戦ってみれば、俺はこいつらと共にいるに相応しい能力があるのか、それを判断することができる。

もし俺に力がないと判明した場合どうするのかといったら、それはわからない。どうにかしてついていこうと足掻くのか、それともチームを抜けようとするのか、何も決まっていない。だが、そもそも結果が出ないことには何を決めることもできない。だからまずは、己の力を確認するために、一度こいつらと戦いたいんだ。それが、俺がこの戦いを承諾した理由だ。

「それじゃあ、やるってことでオッケー？」

「ああ」

俺が頷くと、浅田は嬉しそうでありながらどこか好戦的な笑みを浮かべた。

「いっよーし！　あんたにあたしらの一年の成果を見せてやるんだから！」

だが、浅田は威勢よく叫んでいるが、よく考えるとこいつら全力で戦闘したばっかりなんだよな。

「お前ら、ヒュドラと戦った疲れとかは大丈夫か？」

戦いが終わってから二時間は経過しているとはいえ、万全の状態というわけではないはずだ。今から動き回ることはできるんだろうか？

「まだ全快じゃないけど、いける」

「わ、私は佳奈ちゃん達みたいに、動き回ったわけじゃないですから……」

「でも魔力はいっぱい使ったんじゃないの？　それだって疲れんでしょ？」

安倍も北原も、基本的には魔法を使っていただけだが、魔力を消費するのだって疲れるものだ。それに、使った魔力はそうそう回復するものでもない。

「まあ、それくらいはハンデってことでいいんじゃないかしら？　なにも、本気で殺し合いをするわけでもないんだもの」

「殺し合いではないけど、お前ら本気でやれよ？　じゃないとこんなところでやる意味ねえからな」

本気でこいつらと戦ってもらい、その上で結果を残せてこそ、俺はこいつらと一緒にいていいんだと自信が持てるようになる気がする。

「分かってるって」

「はい。せっかくの機会ですし、本気でやらせてもらいます」

宮野達の言葉に、それでいいと頷きを返す。

「じゃあ、順番はどうする？」

「んー……四人同時とか？」

「佳奈、それは流石に……」

こいつらを四人同時など無理だ。しかも、宮野達は一級と特級なんていう一握りの天才達だ。そんなすごい奴らを四人同時に相手だなんて、宮野が苦笑しているように、普通なら考慮すらしない考えだと言ってもいいだろう。

「いや、それでいい」

だが俺は、そんな無謀とも言える提案を了承することにした。

「え？　……ねえ。それ、マジで言ってる？」

思いもしなかったであろう俺の言葉に、宮野達はポカンと呆けた様子を見せ、四対一と提案した浅田でさえ戸惑ったように問いかけてきた。

「ああ。まあ、お前らが本気っていっても、一対一なら多分俺が勝つからな。お前らは疲れてることもあるし、全員同時にやってようやく対等だろ」

……なんて言ってみたものの、さてどうすっかな。

正直なところ、ここで四対一で戦うと決めたのは深く考えての行動ではない。

突発的(とっぱつてき)な状況に、衝動的(しょうどうてき)な考え。場の雰囲気に流されただけの、普段(ふだん)の俺にあるまじき行動だ。浅田の提案を了承して戦うことにした今でも自分の考えが明確にまとまっておらず、どうすべきなのか、本当にこれでいいのか迷っている。

だが、勢い任せの言葉ではあったが、そこに俺の意思がないわけでもない。

俺は確かに宮野達と戦いたいと思っているからこそ、そし勝てると思っているからこそ戦うことを了承し、四対一で戦うなどと大言を吐いたのだ。

「ですが……」

宮野が心配そうに眉を顰(ひそ)めて声をかけてくる。今の自分一人では勝てなくとも、流石に四対一となれば自分達が勝てると思っているのだろう。

これでも俺はこいつらの教導官だ。実力不足は承知の上で、勝てる確信なんて全くない。

だが、そうだと理解していてもここで弱気を見せるわけにはいかない。

本気のこいつらと四対一で戦うなんて、本当にこれでいいのかって迷ってるし不安もある。

それでもそんな揺れをこいつらに見せることなく、堂々と胸を張り、自信に満ちた姿を見せる。

こいつらは俺の教え子で、俺はこいつらの教導官なんだ。今回の戦いは俺にも考えがあってのことではあるが、こいつらにとっては俺から受ける教えの一環でもある。

だったら、教える側がふらふらと揺れてる姿を見せるようじゃダメだろ。

迷っていようと、自信がなかろうと、言葉だけ態度だけでも強く在り続ける。それが教導官としての意地ってもんだ。

「一つ聞くが、俺が負けると思ってんのか？　確かに俺は三級だし、能力で言ったらお前らに劣ってる。でも、お前らは理解してねえかもしれねえけどな、こちとら『世界最強』に勝ってんだぞ？　引き分けにしかできなかった奴と、そもそも勝負の場にすら立ってなかった奴が心配することじゃねえだろ」

勝った、といってもニーナとの戦いはニーナが加減してくれてるから……単なる遊びでしかないから生き残っていられるだけで、あいつが本気で殺しにかかってきたら流石に死んでいる。だが、そんな事は話さない。こいつらには、自信のある姿だけを見せていればいい。

「「「「……」」」」

俺の言葉を聞いた宮野達の反応は、なんとも予想通りな間抜け面だった。だが、そんな中でただ一人、浅田だけがいち早く反応を返してきた。悔しさと怒りが混じった不愉快そうな眼で俺を睨んでくるという反応を。

でも、そりゃあそうだろうな。何せこいつは、自分がニーナとの戦いから逃げたことを後悔していたんだから。こんなことを言われて怒らないわけがない。

「そうかもだけどさー……流石にちょっとあたしらの事舐めすぎじゃない？」

「舐めてねえよ。最大限警戒して、その上で勝算があると思ってっからこうして全員相手にするなんて言ってんだろうが」

そうだ。いくら勢いで四対一を決めたとはいえ、勝算がなければこんな無茶はやらかさない。四人と同時に戦っても勝てる方法があるからこそ、俺は四人同時に戦うことを提案したのだ。

「……ふーん。あっそ。じゃあそれでやってやろうじゃないの」

色々と言いたいことはあるだろうが、浅田はそれ以上何も言わずに了承した。

「コースケ。なんのつもり？」

「なんのつもりも何も、事実だろ？　……まあ、お前が訝しんでんのも理解できるさ。だが、そんなこと考えてる余裕なんてあるのか？　俺が勝ち目のない戦いなんてしないのは理解してんだろ？　だからまあ、本気でかかってこいよ」

「……わかった。ぶっ飛ばす」

安倍は普段にないくらい強気な俺の言葉に違和感を持ったようだが、最終的に納得したようで、どこか楽しげな笑みを浮かべた。

自分で煽っておいてなんだが、こりゃあ随分と大変そうだな。だが……なに、これも自信をつけるためだ。これくらいやってちょうどいい。

宮野達四人を同時に相手して喰らいつくことができるのなら、それは俺がまだ宮野達に置いて行かれていないという証明になる。ならやってやろうじゃないか。こいつらに喰らいついて……いや、こいつらに勝って、俺はお前達の教導官なんだって胸を張ってやる。

「えと、あの……でも、怪我とかは、大丈夫なんでしょうか？」

「ああ。まあなんの対策もないわけでもないから心配すんな」

元々はモンスターに使うためのものだったし、性能もそこまで高いものでもないが、守る場所を制限すれば一度くらいは耐えられるはずだ。

「一度だけだが、特級の攻撃でも防ぐことができるお守りがある」

守るべきは頭と胸。それ以外の手足なんかは吹っ飛ぶかもしれないが、重要な器官は守れるから死ぬ事はないだろうし、こいつらに言う必要もないな。言えば本気で戦うのをやめるかもしれないし。

「ですが……」

いくら安全を確保したとはいえ、それでも不安があるようであまり乗り気ではない宮野。その冷静さや慎重さってのは大事なものだが、今は邪魔だな。

「瑞樹、いいじゃん。こいつがいいって言ってんだから、四対一でやればいいんだって。ちょっとムカつくし、この際だから一発ぶん殴っておけばいいのよ」

いくら挑発したとはいえ、こいつはやる気に満ちてるな。だが、それでいい。

宮野にもやる気になってもらわないとならないし、一つ助言でもするか。

「宮野。俺はお前らの教導官で、お前らは俺の教え子だ。いつも良い子ちゃんやってないで、たまには全力で遊んでみろ。俺はお前の遊びに付き合えないほど弱くもねえぞ」

「伊上さん……」

俺の言葉に宮野は目を見開いて驚き、数秒してから嬉しそうに笑った。

「はい。それじゃあ、よろしくお願いします!」

「おう」

こうして俺達が戦うことは決まったが、あとはちっとばかし手を回しておかないとな。なんの連絡もないまま時間が経てば、佐伯さんや依頼人達が心配するだろうから。

「それじゃあ、そういうことだ。俺はちっと依頼人達に時間がかかるって電話してくる。その間に準備しとけよ。あんまし時間を無駄に使うわけにはいかねえし、俺が戻ったらすぐに開始だからな」

どことなく嬉しそうに笑みを浮かべている宮野を尻目に、電話を取り出しながらゲートの外へと向かっていく。

……さて、この戦いで俺はあいつら相手にどこまでやれるもんかな。

これからやるのは卑怯、卑劣な戦いになるだろうが、それでも構わない。俺があいつらの教導官でいるのに相応しいか。それを確かめるための力試しと行こうか。

……さて、どうすっかな。

ぶっちゃけるとこの勝負、多分俺が負けるだろうな。もちろん俺だって初めっから負けるつもりで戦うわけじゃない。だが、感情を抜きで考えた場合、負ける率が高いのが実情だ。

だが負けるにしても、教導官としてみっともねえ負け方なんてできるわけない。必死に足掻いて、泥に塗れてでも最後まで勝ちを狙いに行ってやる。

　それに、負けるかもなんて言っても、絶対に負けるってわけでもないんだ。勝つための方法はある。なら、あとはそこを目指して全力で進むだけだ。

　そう覚悟を決めてからゲートを潜り、宮野達のいるダンジョンの中へと戻っていった。

「依頼人達には連絡してきた。あっちも落ち着いてきたし、今から二、三時間程度なら空けても問題ねえとさ」

「そうですか。わかりました」

「ぶん殴るから覚悟してよね」

「ぶっ飛ばす」

「えっと、やりすぎないようにね……?」

　浅田と安倍はやる気高すぎねえか？　いやまあ、挑発したのは俺だけどさ。心配してくれるのは北原だけか。ありがたくて涙が出てくるよ。

　……なんて、そんなこと考えてねえで気を引き締めないとな。これからはふざけていてなんとかなる状況じゃねえんだから。

「……それじゃあ、戦闘開始だ。準備は良いか？」

「はい。万全ではないですけど、戦いというのは万全でいられる事の方が稀ですから」

そう言った割に、宮野達はすでに武器を構えており、陣形も組まれている。表情も真剣そのもので、いつでも戦い始めることができるぞ、とでも言っているかのようだ。

「そうか。まあ、準備できたんならそれでいいが……」

「伊上さんこそ、本当に本気でやってもいいんですよね？」

宮野は少し迷っている様子を見せるが、当然だろう。何せ俺は、こいつらの本気を喰らえば死ぬことが決まってるようなものなんだから。だが……

「ああ。お前らの教導官を舐めんなよ」

こいつらに勝てる自信なんてないが、それでも不敵に笑って見せろ。

「わかりました」

「距離と合図はどうする？　話す必要があるんだったら話していいぞ」

「距離と合図ですか？　じゃあ――っ！」

俺の言葉を受けて他の三人と相談しようとしたのか、宮野は後ろへと振り返り、その瞬間を狙って右手に隠し持っていた礫を投げつける。

攻撃に反応して宮野が振り返るが、すでに俺は全力で走り出していた。

「ちょっ、なにっ!?　合図まだじゃん！」

「《火炎》！」

突然の俺の行動に浅田は驚いて叫ぶだけだったが、この流れを予想していたのか安倍が魔法を放ってきた。

「甘え!」

だが予想はしていても突然のことだったからか、普段とは違って魔法の構成が甘い。そのため、安倍の魔法に干渉することで迫る炎を容易に破壊することができた。

炎を消した隙に突っ込んでいき、北原へと剣を振るう。だが、固い何かに阻まれるような感覚と共に剣は止められた。おそらくは結界に阻まれたのだろう。

簡易的な結界であろうからそのまま魔法に干渉すれば壊すこともできたが、北原に固執することなくすぐさまその場を飛び退く。

できることならこの奇襲で北原を落とせれば楽だったんだが、無理して足を止めるのはまずい。

そんな俺の判断は間違っていなかったようで、側面から宮野が剣を構えて迫ってきた。

本来の宮野であれば、俺が北原のところに辿り着く前に俺に攻撃を加えることができていただろうが、これだけ遅れたのはこいつが油断していたからに他ならない。

だが、いくら油断していたとはいえど、その油断もすでに消えている。そんな宮野の攻撃を受ければ一撃でノックアウトされてしまうだろう。それを避けるために、北原に接近する際に地面から拾った砂を宮野の顔面へと投げつけることで宮野の行動の邪魔をする。

流石は特級と言うべきか。剣を振り下ろす行動中に突然何かが投げられたという状況であるにもかかわらず、宮野は体を横に逸らして避けようとした。

だが、俺が投げたのは石のような塊ではなく砂という拡散するものだ。体を逸らした程度では避けきることはできない。事実、宮野は投げられた砂の何割かは避けることはできたようだが、全て避けることはできなかったようで片目を閉じた。

体を逸らして体勢を崩し、片目は使用できないという絶好の状況。そんなチャンスを見逃すはずはなく、俺は宮野へと剣を振り下ろす。——が、当然のように防がれた。やはり特級の反射神経と身体能力は馬鹿げている。普通だったら今ので直撃して倒すことができただろうに。

そして、防がれた勢いによって俺の持っていた剣は弾かれ、一瞬だけ宮野に〝揺れ〟ができた。おそらくは俺が剣を手放したことでできた隙を見て、攻撃を仕掛けるべきか、それとも何かの策だから手を出さずにいるべきか迷ったんだろう。

「何をっ——！」

そんな隙をつくように、俺は弾かれた自分の剣を無視してそのまま手を伸ばし、宮野の持っている剣を握って止めた。

俺の力では当然ながら特級である宮野の剣を押さえることなんてできやしない。宮野がその気になって剣を引けば簡単に拘束を外すことができるだろう。

だが、そうであるにも関わらず宮野はピタリと動きを止めた。

……そうだろうな。こいつならそうするだろうと思っていた。

宮野がなぜ動きを止めたのかと言ったら、宮野自身も気づいたからだろう。強引に剣を取り戻した場合、俺の指が飛ぶかもしれないってことに。

俺は宮野の剣を押さえているが、それは柄や鍔なんかではなく、抜き身の剣身そのものだ。

こちとら雑魚の三級。剣を掴んだまま思い切り動かされたら、そういうことも起こり得る。宮野もそれを理解しているから、動かないんだろう。

少しずるいかもしれないが、こうでもしないと対抗できないのだから仕方ない。使えるものはなんでも使い、できることはなんでもやらないと勝てるわけがないのだから。

だが、それは戦闘においては致命的とも言えるほどの隙だ。

その隙を狙い、ナイフを取り出してそれを宮野に突き立て――。

「っ！」

ナイフを突き立てようとしたところで、宮野の背後から浅田が姿を見せ、横から思い切り殴りつけるように大槌を振り抜いた。

そんな攻撃を喰らうわけにはいかず、横に逸れて宮野を盾にするように動く。

それによって浅田は宮野を攻撃しないようにと動きを鈍らせ、その間に俺は再び宮野の陰から浅田の前へと身を躍らせ――。

「――《火炎》」

浅田に攻撃を仕掛けようとした瞬間、ともすれば聞き流してしまいそうなほど自然に発せられた平坦な声と共に炎が側面から迫ってきた。

その炎はおそらく安倍が発動した魔法によるものなのだろうが、まさかという思いで一瞬だけ頭の中が埋め尽くされた。何せ、この位置で炎の範囲攻撃なんてすれば、味方である宮野と浅田まで巻き込むことになるのだから。

だが、よくよく考えてみれば合理的な判断だ。俺は三級で宮野と浅田は特級と一級。こんな炎なんて受けても俺が怪我をするだけで、宮野達はなんら問題なく活動し続けることができるだろうから。

急いでその場から飛び退いて迫りくる炎を必死で避け、宮野達から距離を取り、改めて向かい合う。

「あー、もう！　なんだってこんなことになってんのよ！　合図はどうしたのよ合図は！

ちゃんとルール守んなさいよ！」

向かい合い落ち着いたことで、浅田が陣形をとりながら文句を叫んでいる。

だが、俺としてはルールは守っているつもりだ。まあ、卑怯であることは認めるが。

「俺が戻ったら開始っつったろ。それに、こっちに戻ってきてからもちゃんと〝戦闘開始だ〟って口にしたぞ」

「うっそ！　そんなこと聞いてないし！」

「言ってた」

「え、まじ？」

「まじ」

浅田はちゃんと聞いていなかったようだが安倍は俺の言葉を聞いていたようで、苦々しい表情をしている。

「で、でもほら。もっとちゃんと始めるべきでしょ。こんなの詐欺（さぎ）じゃん！」

「佳奈！　相手は伊上さんなのよ！　反則なんて気にしないで襲（おそ）ってくるに決まってるじゃない！」

油断しない、という意味では正しいのだが、一個人としてははなっから反則すると思われてることに若干（じゃっかん）の悲しみを感じなくもない。

「その信頼は、喜んでいいものなのかねえ！」

宮野の言葉に苦笑して答えつつ、次の攻撃に移る。

「「「「っ!?」」」」

次の攻撃のための道具——銃を取り出したことで、宮野達は四人が四人とも目を見開いて驚きを露わにした。けど、まあそうだろうな。何せ銃とは『殺すための道具』だ。それを自分達に向けてくるとは思っていなかったんだろう。

だが、俺は使う。そうでもしないと勝てないし、そもそもこんな拳銃程度では宮野達を殺すことなんてできやしないんだから。目にあたれば大怪我をするだろうが、逆に言えば大怪我で済んでしまう程度でしかない。

にもかかわらずこいつらが驚いた態度を取ったのは、拳銃が脅威になるからではない。拳銃は人を殺すことができる道具なんだ、と世間一般での評価を当然だと思い込んでしまっているからだ。今はそんな思い違いを活用させてもらう。

パンッと軽く衝撃を感じる炸裂音を発生させながら、宮野達のことを狙う。もちろん、手足なんてぬるいところではなく、頭部を、だ。

だが、まあ予想していたことではあるが、宮野達は誰一人として銃弾をまともに受けてはくれない。安倍は北原と共に結界で守られているし、宮野は銃弾を剣で叩いて逸らしている。浅田に至っては避けも弾きもせず、ただ顔面の前に腕を構えて防ぎ、堂々と受け止めながら前進して来ている。対処方法としては正しいんだろうし、効果的ではあるんだがこいつはちょっと思い切りが良すぎるんじゃないだろうか？　もっと怯めよ。

「教え子に銃を使うとか何考えてるわけ⁉」

「お前らならどうせ頭に喰らってもちょっとした傷で終わるだろ」

接近してきた浅田の大槌を避けながら追加で銃を撃つが、それさえも体で受け止めてそのまま攻撃してきている。

一応衝撃は感じているみたいだが、それでもやはり俺なんかとは格が違うとしか言いようがない。

「女の子の顔を傷つけようとするのはどうかと思います！」

「ぬるいこと言ってねえで、俺をこのダンジョンの核だと思って戦ってみろ！」

浅田と遊んでいると宮野が襲いかかってきたが、宮野が剣を振り下ろす前に銃を撃ち、それに対応させることで強制的に動きを変えさせる。

「そんなもの、使うと分かっていれば避けられます！」

「だろうな。でも――」

「きゃっ！」

それまで頭部ばかりを狙っていたからだろう。いきなり膝へと変わった狙いに対応することができず、宮野は踏み込んでいた膝に銃弾を受け、体勢を崩してしまった。

「ダメージはなくても衝撃はあるだろ。それが関節や頭部にあたれば一瞬だとしても行動不能にすることは可能だ」

膝なんかだと怪我とまではいかなくてもダメージは通りやすいし、力んだ時に力が加われば結構響く。本当は後ろから膝カックンとかできると楽でいいんだけど、正面からではやりようがないから仕方ない。

とりあえず宮野の膝を破壊しておこうと考え、そのまま連続で膝に何発か打ち込んだのだが……。

「弾けて！」

その途中で突然の衝撃により手が弾かれた。いや、正確には手ではない。持っていた拳銃だけが弾かれたのだ。より正確に言うのであれば、拳銃が破裂した、だろうか。そのせいで手が弾かれ、手の中にあった拳銃は見事なまでに壊れて宙を舞っていた。

これは、安倍か。拳銃だけをピンポイントに狙って破壊するとは、器用なもんだな。

だが、無意味だと思う。いや、無意味というよりも、甘い、か？　今の攻撃、拳銃だけを狙う余裕があるんだったら、俺の腕を爆発させて吹っ飛ばせばよかった。どうせ最終的には北原の能力で治すことができるんだ。だったら、腕の一本や二本気にすることでもない。

まあ、多分俺という身内と戦うのにそれはやりすぎだと考えた、あるいは初めからそこまでやるだなんて考えついていないかのどちらかだろう。

もっとも、俺にとってはそんな甘さはありがたいし、今はその甘さを十分に利用させてもらうけどな。

……ただ、やっぱりこのまま進めば、そのうち俺が負ける事になるだろう。まあ、それ自体は分かっていたことだ。いくら勝ちたいと思っていたところで、現実はそう甘くはない。

そもそもが分の悪い戦いで、勝てる可能性があるとしたら初っ端の奇襲くらいなものだった。これが成功していれば補助役の北原が離脱していたし、他の奴らにも怪我を負わせることができていたはずだ。その目論見が潰された以上は、どうしたって体力も魔力も少なく、道具にも限りがある俺の方が先に戦えなくなるのは当然のことだ。

だが、分かりきっていることではあるが、それでもタダで負けてやるつもりはない。勝てないのなら嫌がらせをしよう。そうして時間を稼ぎ、相手のミスを誘発する。それが俺の戦い方だ。

普段のイレギュラーとの戦いであれば、時間を稼いで援軍を待つか逃げるかだが、今回はそのどっちもできない。だから、作った隙でせめて一人くらいは落として見せるつもりだ。

こいつらには色々と教えたし、もう俺がいなくても冒険者としてやっていけるほど成長したとは思っている。

だが、だからといってこいつらに足りないところがないわけでもない。その隙をつけば、まだやれる。せめて最後まで足掻いてみせるさ。

「晴華！　お願い！」

「ん。燃えて」

「チッ！　……くそっ、ここが海で助かったぜ」

「火を消してる余裕なんて、ないですよ！」

「そうでもないだろ」

「っ⁉　きゃあっ！」

「水辺にいる水使いに不用意に近づくなよ」

こいつらと出会ってから色々あったもんだ。初めて会った時はただのうるさい子供でしかなかった。その後一緒にダンジョンに行った時だって、自分が殺したモンスターを見て吐いてた。

正式に加入する際の腕試しだ、なんて言われた時だって、鼻っ柱を折られたことで泣くようなガキだった。

それなのに今じゃこれだ。こいつらだって年頃の女の子なんだ。心の底から戦いたいってわけでもないだろうに、臆することなく武器を振るっている。今だって、できる事なら戦うことをやめたいと思ってるかもしれない。

それでも、こいつらは戦う道を選び、武器を取った。そして、ここまでやってきた。その結果が単独チームでの特級モンスターの討伐だ。

「あー、もう！　逃げんな！」

「加奈ちゃん！　動きを止めるね！」

「ナイス結界！　これで逃げ道ないっしょ――って、嘘っ⁉」

「三角跳びなんて基本だろ。結界で塞ぐんだったら後ろだけじゃなくて他も押さえとけ」

「ま、まだです！」

「結界自体は見えなくても魔力の反応はわかってんだから、空中に壁を作ったところで足場にしかならねえよ」

……本当に、こいつら随分と成長したもんだ。いや、当然と言えば当然か。俺が育てた、なんて言うつもりはないが、こいつらだって散々特級だイレギュラーだと戦ってきたんだ。それも、状況に流されて嫌々戦うんじゃなく、明確に強くなるんだって覚悟を決めてだ。強くならないはずがない。

……だがそれでも、今日は勝ちにいくと決めたんだ。

勝つつもりでいたが、負けるだろうと思いながら戦っていた。

負けるだろうが、喰らいついていくと強がってみせた。

どこまで喰らいつけたかによって自分の価値を決めよう、なんて考えていた。

……はっ。何寝ぼけたこと言ってんだよ。負けるだろう？　どこまで喰らいつけるか？

まったく……我がことながら情けない。

なあ。なんで俺はそんな弱気なんだ？

いや、わかってるさ。こいつらと俺の間には明確な『差』があるんだって。

でも、それでも勝ちを狙わない戦いになんの意味があるってんだ？

最初っから負けを認めて戦うのも、負けることを前提に戦うのも、すげえダサいだろ。んなみっともねえ戦いをして、こいつらの教導官を名乗ってられるのかよ。

確かに、最初はいろんなこと考えたさ。自信がない。それは本当だろう。

でも、多分そんなのは理由付けでしかない。俺はただ単に、教導官としてこいつらに負けたくなかったんだ。教導官なのにカッコ悪い姿を見せたくないから。だから戦って、俺はまだまだやれるんだと証明したかった。

何より、自分が教えてるガキに負けたらカッコ悪いじゃねえか。

それがくだらないプライドだってのは分かってる。でも、教える奴らよりも弱いってのは、気に入らないんだよ。

核を破壊して後は崩壊するだけとはいえ、ダンジョンの中で戦うなんて普段の俺じゃやらないようなバカやってんだ。縮こまってうだうだ考えてどうするってんだよ。もうすでにバカやってんだから、もっとバカになっても良いだろ。

色々と考えや狙いがあって始まった戦い。きっと俺はこの戦いを通して今後について考えたりしなくちゃいけないんだろうし、最初は自分でもそのつもりだったはずだ。

でも、そんなのは知ったことか。そんな無駄なことを考えて動くくらいなら、その分の頭を使って戦え。

もしこの戦いに何か意味を見出したいんだったら、そんなのは終わった後に考えればいい。

そもそも、今後に対する不安とか、俺がこいつらに勝てば万事解決じゃねえか。終わった時に死に体だったとしても、勝てばそれで問題ないはずだろ?

だから……なあお前ら。そっちだって本気で来るんだ。だったら、こっちだって本気の全力で勝ちを狙いに行っても良いだろ？

たまには、そんなくだらないプライドで戦っても良いだろ？

だから今回は、本気で勝ちに行かせてもらうぞ。


――宮野瑞樹――


――やっぱり強い。四人がかりで戦ってるのに押し切れないなんて……。

最初の不意打ちで苦戦を強いられたのは理解できる。いくら特級といえど、瑞樹達は油断していたのだから全力を出すことはできなかった。浩介もそれを狙って初手にあんな騙し討ちを持ってきたのだから、それによって押されてしまったのは仕方ないことと言える。

だが、その後に状況を持ち直しても瑞樹達はいまだに浩介を倒し切ることはできていない。

勝負を有利に運ぶことはできている。当然のことだろう。何せ瑞樹達は一級と特級の混成チームで、浩介は三級ただ一人。ランクにも人数にも差がある。なのにこれで押し切れないのはどう考えても異常だ。

単純にモンスターを倒すのとは違い、思考し、知恵を働かせて罠を張り、道具を使い、敵を騙す。浩介の戦い方は、まさに『人間の戦い方』だ。そんな浩介の戦い方が今までモンスターばかりを相手にしてきた瑞樹達には突き刺さる。

何もないと思って進んだら罠があり、罠があると警戒して動きが鈍ればそこを突かれ、罠も攻撃も警戒していれば道具を使われてその警戒を乱される。

本来ならすでに倒せてしまっていてもおかしくないはずなのに、いまだに倒しきれていない状況に、瑞樹の心のうちには徐々に焦る気持ちが出てきてしまっていた。そして、それは瑞樹だけではなかった。他のメンバーも、浩介を追い詰めているはずなのに一向に倒しきれる様子がない現状に焦りを感じていた。

このまま戦っていけば、少しずつ消耗させ、浩介の体力切れを狙うことはできる。

だが、それでいいのか？　それでは浩介に認められないのではないか。そんな情けない勝ち方をして、自分達は強くなったのだと言い張ることが果たして本当にできるのだろうか？

「っ！　佳奈！　大振りの攻撃はダメ！　当てればそれで十分なんだから、とにかく攻撃の流れを止めないように！」

そんな思いがあったからだろう。なんとか現状を打破しなければという焦りから、つい武器を振るう手に力を込め過ぎてしまい、動作の全てが大振りになってしまっている。

瑞樹はそんな佳奈の動きの変化に気づき、注意を促すが、無意識のうちの焦りによる変化は、言われただけで直せるものではない。佳奈は浩介のことを攻撃しながら、難しい表情をしている。

「当てれば十分とは、言ってくれるな。まあ事実だが」

「その当てるだけってのがむずいんだけど！」

「そりゃあ、お前達の修行不足、だろ」

普段よりも雑になっている佳奈の攻撃を躱し続けながら、浩介は挑発するように軽口を吐く。

「こ、のっ！」

浩介の軽口がよほど気に入らなかったのか、それとも一度落ち着くために距離を取ろうと思ったのか、佳奈は大振りの振り下ろしを繰り出し、大槌を地面に叩きつけた。

その振り下ろしは隙だらけの一撃ではあったが、すぐそばに瑞樹が控えていたこともあり、浩介は特に反撃をすることなく後方へ飛び下がった。

浩介が後退し、瑞樹達が責めなかったことで瑞樹達四人と浩介の攻防は一旦止まり、お互いに距離を開けて向かい合うこととなった。

「仲間だと思ってた相手がラスボスだなんて、実際にやられるとふざけんなって感じしかしないんだけど」

向かい合い、警戒をしたまま佳奈が不満を吐き出した。

瑞樹達の攻撃は一向に当たらないのに、浩介は攻撃を避ける合間合間で小さいながらも攻撃を仕掛けてきている。

浩介が仕掛けてくる程度の攻撃では、よほど当たりどころがよくない限り瑞樹達に傷を負わせることはできないだろう。だが、お互いのランクの差を考慮すると、それがどれだけ異常なのか理解できる。

周辺の環境を破壊しないように大技を控えているとはいえ、特級と一級なのだ。そんな瑞樹達が攻撃を当てることができていないのに、三級である浩介は攻撃を避けながら瑞樹達に攻撃をしてくる余裕がある。喩えるなら、赤ん坊と大人が鬼ごっこをしていて、その最中に赤ん坊が逃げ続けながら輪ゴム鉄砲を撃ってくるようなものだろうか。赤ん坊の攻撃なんて当たったところで意味はない。だが、捕まえられないどころか攻撃させる余裕を与えてしまっている。

それはつまり、ランクの差を覆すことを可能とするほどに瑞樹達と浩介の技量に差があるということだ。

「おいおい、ダンジョンの核だと思えとは言ったが、俺がラスボスだなんて何腑抜けたこと言ってんだよ。お前らは『勇者一行』だぞ？　その立場が望んだものではないんだとしても、その道を進むと決めたのはお前達自身だ。だったら、その先にいるボスってのは、俺なんかよりももっと強いやつ……それこそ化け物みたいなやつに決まってんだろ」

「強いだけがラスボスの条件じゃない。うざいやつもラスボスになる時がある」

　晴華の言葉に、浩介は眉を寄せて不満そうな顔を見せた。

「……まあ、そりゃあ間違ってねえんだろうけど、流石にそう言われると傷つくぞ」

「なら、精神攻撃は成功した？」

「今の会話は攻撃だったのかよ……。だったら成功してるよ。まあ、その程度で怯むほどやわい心じゃねえけどな」

　浩介はため息を吐き出し、肩を竦めて晴華の言葉を流す。

　元々浩介は自身が弱いことも、その弱さを補うために卑怯なことをしているのも理解している。戦う相手からすれば浩介の戦い方はうざいだろうなってのも分かった上でやっているのだ。浩介にとっては、今更その戦い方に文句を言われたところで気にするほどのことでもなかった。

　もっとも、言われて喜ばしい言葉、というわけではないのは事実ではあるため、浩介の

精神にダメージを負わせるという作戦は多少なりとも効果はあったと言えるか。

「でも、このまま戦っていけば持久勝ちを狙えるわ」

そんな晴華と浩介の会話を聞いていたことで少しは普段のような余裕を取り戻すことができたのか、瑞樹は手段なんて選んでいられないと、先ほどの考えを言葉にした。

だが、そんな台詞に対し、浩介は不満そうな表情を浮かべて口を開く。

「……確かにその方法だったら安全に勝つことができるだろうな。だが宮野、忘れてないか？　これはお前達の『今』を俺に見せるための戦いだぞ？　そんなぬるい戦いをするのが、お前の『今』か？　慎重になることと諦めることは違うぞ。お前、俺に勝つことを諦めてやしないだろうな？」

「っ！」

浩介から告げられた言葉に、瑞樹は絶句し、動揺したようにすっと目を逸らした。

それは先ほど考えてしまった自分の心の弱さを指摘されているように思えてしまったから。

瑞樹は、心のどこかで浩介には敵わないと考えていた。いや、それは瑞樹だけではなく他の三人もそうなのだろう。いつかは勝てるだろうし、今回だって勝つつもりで戦いを始めた。でも、きっと自分達では浩介には敵わないいんだろうな、と。だからこそ、浩介と戦うことが決まった時に言葉や態度の上ではどうあれ、「負けるかも」などと思ってしまった。それが経験に基づいた予想なのか、それとも、そうであってほしいという願望なのかは分からない。

どちらにしても、そんなことを考えていたからこそ、瑞樹は先ほど時間稼ぎを行うことでどうにか勝ちを拾うことができないかと考えてしまった。

だが、そんな考えは甘えであり、自分の心の弱さの表れでしかなかった。

何せ、瑞樹達の力があれば、浩介に勝つことなんてできて当たり前のはずなのだから。

「他のお前らもそうだ。生き残るのが大事だ、強敵にあったら逃げろ。そう教えては来たが、それは勝てない相手を見極めて命を大事にしろって意味だ。俺は、お前らが勝てない相手か？　ゴブリンが相手でも逃げ出せなんて教えてきたか？　違うだろ。これはあくまでも試合であって殺し合いじゃない。命の危険がない上に、相手は自分達よりもはるかに格下の存在だってのに、ただ戦いづらいから、手強いから、なんて理由で勝つことを諦めるようなら、俺の教育は間違ってたってことになるんだが……そう判断して良いのか？」

瑞樹達が勝てないのは技量の差はもちろんある。だがそれ以上に、自分達では無理なのだと勝手に自分達の限界を決めてしまっているからに他ならない。

「本気の全力でかかってこい。言っただろ、俺は『世界最強』に勝ってんだぞ？　加減なんてしてんなよ。なんのためにこんな場所で戦うって言い出したんだ？」

浩介に言われたことで、瑞樹達は自分達の不甲斐なさを自覚した。

「いいか、弱虫ども。俺はお前達が思ってるほど強くねえぞ」

ここまで言われてしまえば、いくらおとなしい性格をしている瑞樹とて、何もせずに終わることはできない。

それが隙になると理解しながらも、瑞樹は構えを解き、一度大きく深呼吸をしてから仲間である他の三人へと振り返った。

「……みんな、ごめんなさい。私が間違ってたわ」

「ううん。あたしもそれでいっかって思ってた。けど、あいつの言う通りよね。あいつをぶん殴ってやるって思ってたのに、それを諦めるなんてらしくなかったわ」

「殺すつもりでやる」

「そうだね。でも、気をつけてね？　本当に死なせちゃったら、大変だよ……？」

「いや、死んだら大変じゃ済まねえだろ」

「大丈夫。コースケは殺しても死なないから」

「まあ、今まで何度も死にかけても生きてるしね」

本来の浩介の戦い方なら、こんな気持ちを入れ替えさせるなんて隙を与えないで攻撃するのだが、今はあくまでも訓練であり、浩介は教導官としてここに立っている。ならばこれは瑞樹達を成長させる機会でもあり、だからこそ浩介は手を出さずに瑞樹達が再び武器を構えるのを待っていた。

何より、こんなところで手を出して勝ったとしても、浩介自身がそんな勝ちでは意味がないと思ってしまったのだ。

この戦いに勝てば自分は強くなったと言うことができるかもしれないが、そこに意味があるのかというと、〝ない〟と浩介は考えるだろう。

正面から向かい合っての騙し討ちであるならばともかく、瑞樹達がわざと作った隙を狙って攻撃し、瑞樹達の成長する機会を潰して勝ったところで、その勝ちを誇ることはできない。そう考えたからこそ、浩介は手を出さないどころか、四人に交じっていつも通りの会話をした。

「それじゃあ、みんな。行くわよ！」

そうして瑞樹達は気持ちを新たにし、今度は本気で浩介を倒すために武器を握りしめ――動いた。

「でやあああっ！」

まずは佳奈が雄叫びを上げながら勢いよく走り出した。

「――《火柱》！」

そして走り出した佳奈が後数歩で浩介の元に辿り着くだろうというところで晴華が魔法を発動させ、浩介の足元から炎が吹き出した。

前方に視線を集めておいて下からの奇襲。浩介はそれに驚くことなく冷静に後方へ飛んだことで難を逃れるが、それで終わりではなかった。

浩介が炎を避けることなど初めから想定していたのだろう。浩介へと向かって走っていた佳奈は、そのまま真っ直ぐ突っ走り、自身と浩介を遮る壁となっている炎へと飛び込んでいった。そして炎の壁の向こうにいた浩介へと殴りかかった。

「炎を突っ切るなんて無茶するもんだな！」

「あんたから学んだやり方なんだから、文句はさっきの自分に言ってよね！」

確かに、たとえ炎の威力が抑えられていたのだとしても佳奈のやったことは無茶ではあるが、言われてみれば先ほど自分が似たようなことをやったなと思い出し、浩介は何も言えなかった。

だがそうして攻め込んできた佳奈に対応していると、他のメンバーが気になるもので、特に佳奈と共に前衛として戦うはずの瑞樹はどこだとなってくる。

しかし、その答えはすぐに出た。

「だよな！　お前も来ると思ったよ！」

　炎の壁で前方を遮り、佳奈に意識を向けさせたところで、炎の壁を飛び越えて空中からの襲撃。なるほど、確かに初見では対処しづらい攻撃だ。

　だが、炎の壁で視界が遮られている状態でジャンプしたところで、狙いなんてまともにつけることはできるはずがない。にもかかわらずピタリと浩介の位置に向かっていたのは、おそらくは柚子が結界を張り、それを足場にして跳ぶことで調整をしたからだろう。

　浩介は宮野が奇襲を仕掛けてくるだろうと思って四方を警戒してはいたが、まさか上空からだとは思いもよらず、危うく攻撃を受けることになりそうだったが、ゆらりと波が引くような奇妙な動きで後方に引くことで瑞樹の攻撃を躱した。

「いてっ⁉　なんっ……礫⁉」

　そして躱した隙をついて攻撃を仕掛けようとしたところで、浩介の肩に何かがぶつかった。瑞樹達の攻撃ではない。瑞樹や佳奈の攻撃であれば、どれほど些細なものだったとしてもただ衝撃を感じた程度で終わるはずがないのだから。だが、かといって安倍の魔法でもない。であれば残る選択肢は……

「北原っ……！」

　浩介が視線を向けた先には、スリングショットを構えている柚子がいた。柚子は浩介と視線が合うと、すぐに移動して晴華と合流してしまう。

大したダメージにはならない。だがこれは厄介だ。ダメージ源としては微々たるものではあるが、なんといってもその動きはうざい。集中している時に予定外の攻撃を受けてしまえば、どうしたってそちらに気を割いてしまうし、これからもそういう攻撃が来るのだと気を割き続けなくてはならない。しかも、魔力の反応がないために動きを察知しづらい。

こんな戦い方は浩介が教えたことではあるが、実際に自分にやられるとうざいんだな、と改めて実感しつつ、正面にいる瑞樹と佳奈へと意識を戻すが……。

「これで――」

「おしまい！」

その時には二人ともすでに浩介の目の前まで武器を構えた状態で迫っていた。

「きゃっ!?」

「おわあああ!?」

しかし、そんな二人の攻撃は浩介に当たることがないどころか、二人は悲鳴をあげながら足元にあった穴に躓いて転び、バシャリと足元にあった水に飛び込むことになってしまった。

「悪いが、まだ終わるわけにはいかねえんだ。もうちょい足掻かせてもらうぞ」

全身を水で濡らした二人とその様子を見ている後ろの二人に向けて宣言しつつ、浩介は瑞樹達から距離をとり、近くにあった林の中へと逃げ出した。

「あ、ちょっ！　逃げんなあ！」

立ち上がった佳奈は、顔についた水を拭いながら恨めしげな視線で浩介を見つめたが、その時には浩介はすでに逃げ出していた。

「逃がしません！」

逃げた浩介を追いかけて瑞樹も林の中へと進んでいったが、後少しで浩介に手が届く。そう思って浩介を追いかけるために木の裏に回った瞬間、瑞樹の顔の前に見覚えのある物が現れた。

果たしてこれはなんだったかと考えたが、その答えが出る前に瑞樹の視界が白く塗りつぶされた。

「一つのことに集中すると痛い目見るぞ」

木によって視線が切れた瞬間を狙って閃光弾を投げた浩介は、そう言い残して林の中へと逃げ込んでいき、その姿をくらませた。

「あっ！　このっ……待ちなさいよ！」

佳奈が追いついて浩介を呼び止めたが、そんなことで止まるはずもなく瑞樹達は完全に浩介の姿を見失うこととなった。

「瑞樹ちゃん、どうするの……？」

「伊上さんを追うしかないけど……」

「林を焼く？」

佳奈に続いて柚子と晴華も林の中、瑞樹の元へと集まってきたが、どうすればいいのかすぐには答えが出ない。

「確かに、それをやれば出て来ざるを得ないでしょうけど、それをやったら後はどれくらい魔法が使えるの？」

「……大技一発。頑張ればギリギリ二発くらい」

「そうなると、もう晴華の魔法には頼れなく——っ⁉」

どうすべきかわからない。だが、そんなことを考えるような時間はなかった。

突如近くから爆発音が響き、木々が瑞樹達へと向かって倒れ出したのだ。

なぜか、など考えるまでもない。浩介の仕業だ。

「くっ……！」

「わ、私がっ……！」

「警戒して！　伊上さんは近くにいるはずよ！」

瑞樹の言葉を受けて他の三人も周囲の警戒へと移っていった。だが、その裏をかくのが浩介だ。

倒れた木々のうちの一つ、その茂みの中に姿を隠していた浩介だが、木々が倒れたことで一気に瑞樹達の懐へと飛び込んでいた。

「え……」

ガサッと音を立てたかと思った次の瞬間には、浩介はすでに柚子へと剣を振り下ろしていた。

「くっ……この！」

だがその一撃は後少しで柚子に触れるというところで、柚子の体を押しのけて割り込んだ佳奈によって防がれることとなった。

「ちっ。どんな反射神経してんだよ！」

「あんたどっから――っ！　煙⁉」

まだ佳奈の言葉の途中ではあったが、浩介は最後までその言葉を聞くことなくその場を飛び退き、道具を使用して煙で辺り一帯を包み隠した。

「可燃性だから炎も雷も使わないほうがいいぞ」

そして、真実か嘘かわからない忠告と共に浩介は煙の中へと消えていく。

「見えな――っ⁉」

煙によって視界が遮られている中でありながらも、瑞樹は気配を感じて背後へと剣を構え、直後構えた剣に衝撃が走った。

「よく止めたもんだな」

浩介は煙ではっきりとは見えない顔でそう呟き、再び後退して煙の中へと消えていった。

「またっ……！」

「なら、これでっ！」

そしてまた浩介の剣が――とはならなかった。柚子が叫んだと同時にその場にいた五人全員に身体強化の魔法がかかり、突然のことに困惑して動きを止めたのだった。

「強化？」

「晴華ちゃん！　お願い！」

「了解。――『爆ぜて』」

いつの間にか柚子の隣に立っていた晴華が魔法を構築し、その場にいる五人全員を巻き込みながら周囲の全てを吹き飛ばした。

「これに耐えるための強化か。可燃性っつったんだがな」

浩介を含めた五人を対象としたのは、人がいる場所はわかってもそれが誰なのかまではわからなかったから。よく考えて仲間の四人を探し出すよりも、一旦煙を吹き飛ばすことを優先した結果だ。

だが、いくら強化したとはいえ、晴華の魔法に加えて可燃性の物質による爆発が重なれば、それなりに重傷を負うこともある。にもかかわらず恐れずに爆発を起こして煙を吹き飛ばした晴華に、浩介は呆れる他なかった。

「今度こそ仕留める！」

煙が消えてお互いに姿が見えたことで、佳奈は勢いよく走り出した。

「逃がさないんだか――りゃあっ⁉」

だが威勢よく走り出したはいいが、浩介の元へと辿り着く前に佳奈は何かに躓いたように転んでしまった。

「落とし穴に引っかかるのは何度目だ？」

「このっ……！」

浩介の正面には小さな穴がいくつも作られており、佳奈はそのうちの一つに足を取られたのだ。

「悪いが、逃げさせてもら――っ！」

そうして佳奈が転んでいる間に逃げようとした浩介だったが、突如背後の木々が激しく燃え始めた。

「これは……」

「実際に燃えてるから、壊せない」

「安倍か。まあ、そうだな」

晴華が言ったように、浩介は他人の魔法を破壊することはできるが魔法によって起こった被害までは消すことができない。ここまで燃えてしまえば、いくら浩介が晴華の魔法を壊そうとも、木々についた炎が消えることはなかった。

「追い詰めましたよ、伊上さん」

「これで本当にもう逃げられないんだから」

背後は炎の壁で、正面には瑞樹達四人。浩介には逃げ場がなかった。

四人が浩介を見つめている中で、晴華だけが一歩前へと踏み出した。

「リベンジ」

「リベンジってのは、この戦いで魔法を破壊されたことに対するやつか？」

「そう。壊されたのは仕方ない。だから——これも壊してみて」

そう言いながら晴華は魔法を構築していくが、その様子に浩介は顔を顰めた。

魔法を破壊するには、構成の甘い箇所を狙って妨害するのだが、それを知っているはずの晴華が構築した魔法が随分と甘い作りだったからだ。

だが、その疑問もすぐに解消されることとなった。

浩介による魔法の破壊を防ぐには、妨害する隙がないくらい丁寧に構築するか、あるいは……

「……はっ。流石にこれだけの数は厳しいっての」

あるいは、対処しきれないくらいの物量で押すかだ。

浩介の目の前には、視界を埋め尽くすほどの無数の炎の球。百ではきかず、二百でも足りない。それだけの数があれば、いかに浩介といえど全ての魔法を破壊することはできない。正確にはできないわけではないが、やっている間に他の炎に焼き殺されることになる。

そんな無数の炎が一斉に浩介目がけて放たれた。

「チッ！」

魔法を破壊することはできない。剣で対処することなど論外。魔法で全てを迎撃というのも難しい。

結論としては、この攻撃は自分では防げない、だった。

そんな結論を出した浩介だが、そのままおとなしく受けるわけにもいかない。故に、迫り来る炎への対策として……。

「え？」

「うそっ！」

浩介は身を翻し、背後で熱を放っていた炎の中へと飛び込んだ。

「い、伊上さん⁉」

「逃げた。あっち」

炎の中に飛び込んだ浩介だったが、どうやら晴華の眼にはその存在が見えているようで、浩介が逃げた方向を告げながら指さした。

「は、晴華ちゃん。伊上さんは無事なの……？」

「多分？　思いっきり走ってる」

晴華が感じ取った魔力は、結構な速度で移動していた。これは怪我をしている人間には出すことができない速さだ。ならば、無事だと考えるべきだろう。

「なんなの！　マジで倒せないんだけど⁉」

「でも、これだけやっても倒せないってなると、やっぱり流石ね。とにかく追いかけるわよ！」

その後は晴華の案内に従って浩介を追いかけていくが、途中何度か浩介からの奇襲を受け、その度に派手に暴れて林を破壊していく。

だが、それでも瑞樹達は浩介のことを仕留め切ることができなかった。

そうして木々が炎に飲まれていく中移動をし続けていると、浩介達はいつの間にか元いたゲート付近へと戻ってきていた。

「んで、ここに戻ってくるわけか……」

「いいかげん逃げんのやめたら？」

「そうすっか。もう、林に入っても意味ねえしな」

「ちょっとスッキリした」

普段はこれほどまで派手に炎を撒き散らすことなどしないから、制限なく魔法を使えた晴華は心なしか満足げな表情をしている。

「これがゲートの中じゃなかったら環境破壊甚だしいな」

「でもゲートの中だから大丈夫」

「ま、そうだな。だからこそここで戦うことを選んだわけだし」

こうなると分かっていたからこそゲートの中で戦う事にしたのだし、自然が一つ焼かれたこの状況は想定内とも言える。

「それじゃあ、そろそろ――」

波打ち際で瑞樹達四人と浩介が向かい合っていると、佳奈が最後まで言葉を言い切ることなく武器を構えながら走り出し、大槌を上段から浩介へと振り下ろした。

「ぶっ飛ばされろ！」

「お断りだ！」

佳奈による振り下ろしを全力で回避し、続く追撃への警戒をしていた浩介だったが、追撃は来なかった。

訝しんで佳奈のことを見た浩介だったが、佳奈は浩介へ一撃放った後、大槌を再び上段に構えた。

二回連続での振り下ろしなんて珍しいな、などと浩介は考えたが、そうではなかった。

頭上に持っていくその勢いのままに佳奈は大槌から手を離し、大槌を空へと放り投げた。

「？　……っ！」

浩介は一瞬その行動の意味が理解できずに投げられた大槌へと意識を向けてしまい、目の前にいる佳奈のことを忘れてしまった。

「ちっ……！」

「このまま決める！」

武器を手放したまま殴りかかる佳奈だが、浩介はそれでもどうにか攻撃を凌いでいく。

このまま殴り合いが続くのか、と思われたところで、佳奈が突然その場でジャンプした。

何をするつもりなんだ。そう浩介が警戒しながら見上げると、そこには最初に投げた大槌を掴み、構えている佳奈の姿があった。

佳奈は空中で一回転して大槌を振り回し——叩きつけた。

曲芸まがいの一撃によって、巻き上げられた砂は一時的に視界を隠す役割を果たした。

そんな視界不良の中を、瑞樹が進む。休む時間なんて与えてなるものかと走り出した瑞樹は、自分に出せる限り最速の一撃を繰り出し、受け止められた。

浩介としても、ほとんど反射や勘のようなものだった。できることならば瑞樹の——『勇者』の一撃など受けたくはない。だが、今の一撃は避けようとしても避けることなんてできなかった。だから受けたのだが、これで鍔迫り合いという避けるべき状況となってしまった。

「晴華！」

瑞樹の掛け声に応じて晴華は炎を放つ。このまま鍔迫り合いを維持していれば、浩介は瑞樹と共に炎に飲まれることとなる。だが、かといってこの場から逃げ出そうとすればその隙を瑞樹が放っておかないだろう。

晴華の炎と目の前の瑞樹。どう対処すべきかと浩介が迷ったその瞬間、瑞樹は持っていた剣を手放し、手を広げて浩介を掴むような動きを見せた。

確かに鍔迫り合いをするような距離であれば、剣よりも拳の方が速い。そのまま何事もなければ浩介を捕まえ、それでおしまいとなっただろう。

だが、それは何事もなくいけばの話だ。相手が浩介である以上、何もなく終わるはずがなかった。

「っ～！」

「まだ捕まるわけにはいかねえな！」

浩介を掴もうと伸ばされた瑞樹の手だったが、勝負を決めるためにと急所である首を狙ったのがいけなかった。

首を掴もうと伸ばされた手に対処すべく、浩介は膝の力を抜いて高さを合わせることで、瑞樹の手は浩介の首ではなく頭と接触することとなった。

それだけではない。瑞樹の手と自身の頭が触れる直前、浩介は頭を頭突きのように前に押し出した。

突然予想外の動きをされたために反応が遅れた瑞樹は、そのまま浩介の頭突きを指先に受けてしまい、突き指のような衝撃が走った。その結果、瑞樹は反射的に手を引っ込めてしまい、浩介を捕える機会を逃してしまったのだった。

「今度こそっ――っ⁉」

動きを止めてしまった瑞樹のフォローをするように横から佳奈が殴りかかってきたが、そんな目論見は浩介には初めからばれていたのだろう。

「ごぼっ！」

浩介に一撃を入れるためか佳奈が力強く踏み込み、足元にあった海水が大きく飛沫を上げた瞬間、その飛沫はまるで意思を持ったかのように佳奈へと目掛けて飛んで行った。

突然の不可思議な現象に、佳奈は踏み込んだ体勢のまま動くことができず、一瞬後には反応し始めたが、遅かった。浩介によって操られた水は佳奈の頭部へと命中し、顔に張り付く形で動きを止めた。

「足元注意だ。ついでに――」

口と鼻を水で覆われたことで呼吸ができなくなり、突然目に海水が触れたことで驚き、反射的に目も閉じてしまった。そうなれば最早隙ができたどころの話ではない。

「頭上にも注意しとけ」

「っ――！」

顔に張り付いた水をどうにかしようと手で払い除けようとするが、形のない水を取り除くことはできず、そうこうしている間に浩介による一撃を頭部に受け、顔面から地面へと突っ込むこととなった。

「佳奈⁉」

しかし、それだけではまだ足りない。所詮浩介は三級なのだ。いくら戦闘が巧くとも、純粋に筋力が足りない。この程度の攻撃では、佳奈はすぐに動けるようになるだろう。そう考えて追撃の一手を繰り出そうとしたのだが、それは突然現れた結界によって阻まれてしまった。

結界に阻まれてしまったのならば仕方ないと、浩介は即座に次の標的へと狙いを変え、佳奈が倒されたことで動揺している瑞樹へと標的を定めた。

「仲間よりも、まずは自分を優先しろよな！」

自身へと近づいてくる浩介の動きに気付いた瑞樹だったが、まさか佳奈がやられると思っていなかったこともあって、その動きは精彩を欠いていた。

佳奈の確認に行くのか、浩介の対応をするのか、対応するにしても手放した剣を拾うべきか否か、一旦距離を取るべきか……。そんないろいろな考えが瑞樹の頭の中に浮かんでいたのだろう。

そのせいで瑞樹の動作は一拍遅れてしまい、浩介の剣が瑞樹へと迫った。

「「っ！」」

──かと思った瞬間、両者の中間で小規模な爆発が起こり、瑞樹も浩介もその衝撃によって後退することとなった。

「晴華、助かったわ！」

爆発を起こした人物である晴華へと礼を言いながら、瑞樹は倒れたままの佳奈の許へと駆け寄り、浩介の魔法が解除されたようで咳き込んでいる佳奈を回収して後方にいた晴華と柚子の二人と合流した。

「ふう。……伊上さん。もしかして、水を操ったりしてますか？」

一旦距離を取れたことで、瑞樹は息を吐き出した。そして浩介のことを視界に収めながら佳奈の様子も確認し、少しでも時間稼ぎをするべく問いをかけることにした。

「水？　そりゃあな。浅田にやったのを見てんだろ？」

浩介としては、そんな問いかけにいちいち答える義理はない。だが、今の浩介は教導官として瑞樹達に訓練をつけている状況でもある。

そのため、浩介は時間稼ぎと理解しつつも瑞樹の問いに答えることにした。

もっとも、話の相手をするだけであって、まともに答えるというわけではないのではぐらかすような物言いではあったが。

「違います。そっちじゃなくて、私達の足です」

「足？　どういうこと？」

瑞樹の言葉に、晴華が首を傾げた。

「なんだかこの戦いの間、時々妙に足が取られる感覚があったのよ。それも、浜辺で戦ってる時だけ。慣れない砂地や波の満ち引きかと思ったんだけど、それにしてはタイミング良すぎた気がするの。でも、伊上さんが海水を操って邪魔をしているのなら、納得できるわ」

ばれているのであれば誤魔化したところで意味はないと、浩介は一つ息を吐き出してから瑞樹の考えを肯定した。

「……まあ、正解だ。ついでに言うと、水ん中の地面じゃ踏ん張ることもできないから余計に動きづらい。そんな中で普段通りに戦えると思うか？」

今回の戦いは突発的なものであり、場所も浩介が狙ってこの環境を用意したわけではないが、あまりにも瑞樹達にとって不利な環境だ。

それに加え、瑞樹が言ったように浩介は何度も何度も瑞樹達の邪魔をしていた。常に邪魔をすることができるほどの魔力は浩介にはない。そのため、要所要所での妨害ではあったが、むしろ邪魔される力が一定ではなかったため、瑞樹達は余計に動きづらさを感じていたので、そのことに関しては浩介にとっては良い誤算だった。

「う……く……」

そうして瑞樹達が話をしていると、瑞樹の背後から呻き声が聞こえてきた。

そしてその数秒後、ふらりと瑞樹の隣に進み出てきた人物がいた。佳奈だ。どうやら治癒は終わったようで、気を取り戻したようだ。

「佳奈、どう?」

「……ごめん、もう大丈夫」

「多分問題ないと思うけど、気をつけてね……」

「オッケーオッケー。もうあんなヘマはしないから平気よ」

魔法による治癒を受けたことと、元々の肉体の性能が良かったことで、通常よりも早くの復帰が可能となったとはいえ、頭を殴られ、溺れかけたのは事実である。

そんな佳奈を心配するように柚子は声をかけたが、佳奈はこんなところで休んでいられるかとばかりに武器を構えた。

そうして瑞樹達と浩介は睨み合い、少ししてから浩介が口を開いた。

「それじゃあ再開するか。せっかくこうして戦ってんだ。非力な相手でも、相手が知恵を使うと面倒だってこと、よーく理解しておけ」

「伊上さんが強いことなんて、とっくに理解してますよ」

「あんたのどこが非力だってのよ、ったく」

「非力だろ。こんな小細工して罠におびき寄せなきゃお前らとまともに渡り合うことができないんだから。むしろ、ここまでやったのにまだ倒せてない時点で底が知れてるってもんだろ。や、まあ、俺の底なんて最初っから知れてるもんだけどさ」

これまで浩介はいくつもの策を弄して戦ってきた。開始早々に奇襲を仕掛けたことも、瑞樹達の甘さに付け込んで無理矢理突っ込んでいったことも、全ては瑞樹達を倒すために用意した策だった。

だが、それだけ策を弄したところで、結局浩介は瑞樹達を一人も倒すことができていない。

先ほどの佳奈の時も、もう少しだけ浩介に能力があれば、せめて三級ではなく二級であれば佳奈を討ち取ることもできただろう。それが分かっているだけに、浩介は自身の弱さに呆れるしかない。

とはいえ、そんな弱さなどとうに分かっていることだ。今更必要以上に嘆くことはせず、すぐに意識を切り替えて瑞樹達四人と向き合った。

「まあいい。とにかくかかってこい。こっちも多少は休めたしな」

そうしてお互いが武器を構え、今度は浩介から瑞樹達に向かって走り出した。

突然の浩介の行動に、これから再び激しい戦いが始まるのだと瑞樹達が予想した、その瞬間……。

「目え潰れないようにな」

浩介は走り出した時と同じように突然足を止め、かと思ったら取り出した円筒形の何かを瑞樹達に向かって投げつけた。

「っ！　フラッシュ！」

この戦いの中ですでに一度喰らっているからだろう。その投げられたものが閃光弾であると即座に理解できた瑞樹は仲間達への警告を行うが、直後、辺りが強烈な光に包まれた。

「この程度っ……！」

目が使えない状態で動いても意味がないため、光が収まり次第すぐに動き出そう。そう考えていた瑞樹達だったが、瑞樹達が動き出すよりも早く浩介が動いた。

強烈な光によってまともに見ることができないというのは浩介も同じだったが、あらかじめそうなると知らなかった者と知っていた者では取れる行動というのは大きく違う。

閃光弾が弾け、視界が光で塗りつぶされたと同時に、浩介は目を瞑りながら拳銃を構え、先ほどまで瑞樹達四人が立っていた場所へとめがけて発砲した。これならば大した準備は必要とせず、おおよその勘で攻撃することができる。

実際、そんな浩介の攻撃は多少は効果があったのだろう。光の中で小さいながら瑞樹達の悲鳴が聞こえてきた。だが……

「まあ、これくらいじゃ無理だよな」

銃弾は確かに当たったのだろう。全部とは言わずとも、数発は当たったはずだ。にもかかわらず、光が収まった後も瑞樹達は怪我一つ負うことなく立っていた。前衛の二人は持ち前の肉体の丈夫さで、後衛の二人は柚子の結界で守られた結果だ。

そして、光が収まったと見るや否や、瑞樹と佳奈が走り出し浩介へと迫る。

接近してくる二人に向かって浩介は発砲を続けるが、頭部さえ守れば問題ないと分かっている二人はろくに避けることをせずに真っ直ぐ走り……。

「これで――おわっ⁉」

「きゃっ⁉」

氷の地面を踏んで転んだ。

「足元注意って言ったろ」

本来、浩介の使う魔法の性質は氷だ。だが今回の戦闘で、浩介は一度も地面を凍らせていなかった。使ったのは落とし穴ばかり。そんな中で突然の氷の地面だ。瑞樹達が砂地と波にだけ気を付けていたことも大きいだろう。思っていた足裏の感覚と違ったために、反応することができなかった。

しかし、転んだといっても二人ならばすぐに体勢を立て直すだろう。浩介としてはその前にどちらか片方だけでも仕留めて戦力を減らしておかなくてはならないわけだが、転んだ二人に攻撃を加えようとする浩介に、後衛二人からの攻撃が襲いかかる。

礫と炎を避け、時には魔法を破壊し、時には体に受けつつも、浩介は瑞樹と佳奈の二人の元へと近づいていく。

「油断はすんなっつったろ」

そして、ついに瑞樹の元へと辿り着いた浩介は、躊躇うことなく瑞樹の首へと剣を振り下ろした。

「して、ません！」

だが、そんな体勢を崩した隙をついた攻撃でさえ、驚異的な反射神経によって受け止められてしまった。

「してんだろ。前だけ見てればいいと思うなよ」

しかし、浩介としてもそうなることは織り込み済みだ。これはあくまでも囮。これで終わればいいとは思っていたが、そうならないだろうと分かっているからこそ次の手が用意されている。

浩介の剣を弾いた瑞樹の背後から水の塊が接近し——透明な壁に阻まれて弾けた。

「してませんよ。仲間がいますから」

「チィッ！」

自身の攻撃を阻んだのが柚子であることを理解した浩介は、即座に次の攻撃を行うべく魔法を構築していくが……。

「瑞樹ばっかじゃなくて、こっちも見てよね！」

これでもかというほどの大振りで、大槌が浩介に向かって上から下へと振り下ろされた。

「っ！　んなもん喰らったら死ぬだろうが！」

構築途中だった魔法を即座に放棄し、不格好ながら身を投げ出して佳奈の攻撃を避ける。

「避けたんだから問題ないっしょ！　それに、本気でやれって言ったのはあんたじゃん！」

「そりゃあそうだったな！　……っ！」

攻撃を避けつつ佳奈と言い合っていると、浩介は不意に強い魔力の反応を感じ取った。

「今度はお前か」

浩介が視線を向けた先には晴華の姿があり、その頭上には直径三メートルはあろうかというほどの巨大な炎の球が宙に浮いていた。

「ん。死なないで」

「殺すつもりで攻撃してくる奴の台詞じゃねえなあ！」

軽口こそ叩いているものの、浩介の表情は必死なものだった。だが、当たり前のことだ。こんな一撃をもらってしまえば、いくらお守りがあるといえど、最悪の場合は死ぬことになりかねないのだから。

こんな状況であってもまだ負けるつもりのない浩介は、どうにかして晴華の魔法を凌ぐしかない。

――避ける？　無理だ。移動し切る前に着弾するし、追尾しないとも限らない。丁寧に構築されているから魔法に干渉もできない。なら……。

浩介は避けることを諦め、自身に迫る火球へ対峙した。

そして、晴華から見て火球が浩介の姿を覆い隠したその瞬間、浩介は後方へと大きく飛び退いた。むろん、それだけでは意味がない。だが、火球と浩介の間に余分な何か……たとえば、そう。砂でできた人形でも発生していれば、結果は変わる。

浩介がその場を飛び退く直前に地面から迫り出した砂の人形は、迫り来る火球と接触し、爆ぜた。

炎が周囲を蹂躙し、その衝撃は十分に離れたところにいたはずの晴華達の元へすら届いていた。いくら避けたとはいえど、これでは浩介も無事では済まない。……はずだった。

疲労が溜まっていた。状況に焦っていた。これで大丈夫なのか迷っていた。

そんな理由が晴華側にあったからだろうが、浩介が想定していたよりも僅かに威力が低かった。

だがそれでも、一級による本気の一撃だ。常人にはどうすることもできないであろう必殺の一撃。

しかし、それでも浩介は生き延びた。

後方に飛び退くと同時に砂人形を生み出した浩介は、着地先にあった地面と水を操り簡単な塹壕を作り、そこに隠れて炎と衝撃をやり過ごしたのだ。

だが、隠れ続けるだけではすぐに打つ手がなくなる。何せ、もう道具も魔力もほとんど残っていないのだ。あまり好ましい状況ではないが、ここで決めなければジリ貧となって終わる。

そう判断した浩介は立ち上がると同時に走り出した。だが……。

「こ、今度は逃げられません……！」

「がっ！　北原っ……！」

走り出してから数歩で浩介の足は止まることとなった。突如現れた半透明の壁によって全身を強打する形で強制的に止められたからだ。

その壁の原因である柚子の名を口にしながら対処を考えるが、浩介の四方は全て結界によって塞がれている。足元と頭上は空いているが、そこから逃げることを許すほど甘くはないだろう。それを証明するように、浩介の頭上に影がさした。

「これで――」

「最後はやっぱりお前か。宮野！」

浩介が見上げれば、そこには剣を構えながら浩介へと向かって落ちている瑞樹の姿があった。

「――終わりです！」

雷を纏わせながら、剣を上段に掲げながら空から降ってきた瑞樹。

先ほどの佳奈や晴華の時のように大きく逃げることはできない。できることがあるとしたら、特級である瑞樹の攻撃を受け止め、凌ぎ切ることだけだった。

「なっ――」

雷。防御。砂。無理。避け。海水。感電。死――。

「――めんじゃねえええええ！」

残りの魔力など気にせずに力ずくで足元の砂を巻き上げて瑞樹の目を潰し、だが瑞樹も止まることなくそのまま剣を振り下ろす。

しかし、浩介の足掻きはそれだけでは終わらない。

巻き上げられた砂の分だけ足元が陥没し、瑞樹との距離が僅かだが開く。それによって瑞樹の目算が狂い、振り下ろされた剣には本来の威力が乗っていない半端な一撃となっていた。

だがそれでも、特級である瑞樹の攻撃であることに変わりはない。

浩介は雷に対する抵抗のための魔法を左腕にだけ集中させ、瑞樹の剣を左腕に剣を携えながら受け止めた。

「くうっ……があああああっ！」

だが、左腕だけの力では瑞樹の攻撃を防ぐことができず、逆手に持った剣は瑞樹の攻撃の勢いに押されて浩介自身の左腕と接触し、そのまま押し切られる形で剣を砕き、その奥にあった左腕を切り落としていった。

剣を砕き手首を切り落とし、その先にあった肩の付け根の部分まで瑞樹の刃が抜けていく。——だが、それだけだった。

残りの魔力など気にせずに雷に対する防御をしたからだろう。あるいは、攻撃を受け止めた箇所が切り落とされたからだろうか。

どちらにしても、瑞樹の雷の力の大半は殺すことができていた。

そして剣と腕を犠牲にして攻撃を受けたことで、瑞樹の剣の軌道は逸れ、直撃ではなく腕を切り飛ばされるだけで終わった。

そうなれば、あとは未だに宙に浮いている瑞樹と、未だ右腕は健在な浩介が残るだけだ。

左腕を犠牲に自身の攻撃を防いだことに目を見張って驚いている瑞樹だが、いつまでも止まったままではない。驚きつつも剣を構え直し、自身のことを倒そうと右手を伸ばしてきた浩介に向かって剣を突き出した。

このままいけば、浩介が瑞樹に触れるのとどちらが速いか微妙なところだろう。だが……。

「っ！」

瑞樹の剣が浩介の腹部に、浩介の手が瑞樹の首に触れようとしたその瞬間、瑞樹によって切り飛ばされ、空中を舞っていた浩介の左腕が光と音と熱を放ち、炸裂した。腕にかかっていた雷への対抗魔法が切れたことで、その腕に溜まっていた雷が抑えを失って弾けた事が原因だった。

至近距離で雷が発生したといっても、普段であればなんとかなったであろう。

だが、もうとっくに限界が訪れていたのか浩介はまともに体を動かすことができず、衝撃に押されたままバランスを崩してよろけてしまった。

そして瑞樹もまた疲労しており、意識も浩介にばかり集中していたこともあって、突然の音と衝撃で構えを解いてしまった。

「きゃあっ！」

「うぐっ……！」

その結果、瑞樹と浩介は悲鳴をあげ、重なるように倒れ込むこととなった。

「う、うう……あ」

突然の衝撃を受けて倒れてしまった瑞樹だが、すぐに体を起こして状況を確認しようとした。だがそこで、自身が下敷きにしてしまった浩介の存在に気がついてしまった。

「えっと、どうします？」

先ほどまで全力で戦っていたにも関わらず突然の予想外な状況が訪れてしまったことで、瑞樹は困惑しながら戦いの相手――敵である浩介のことを見つめ、つい問いかけてしまった。

「……はあ。しまらねえけど、これ以上はやる意味ねえだろ。こっから仕切り直すのもなんだしな。――俺の負けだ」

「え、えーっと……良いんでしょうか、これで……」

敗北宣言をした浩介だが、瑞樹はその言葉を聞いても喜ぶでもなくなんとも言えず微妙な顔をしている。しかし、それは仕方ないだろう。何せ堂々と勝ったわけではなく、こん

な形での終わりとなってしまったのだから。しかも、瑞樹としては必殺のはずの一撃が防がれたことで負けたと思ってしまっていた。

「元々お前らの成長を確認するための戦いだったんだし、これだけやれば十分だろ」

浩介としても戦う理由はあった。だが、本来戦いが始まったきっかけは、瑞樹達がどこまで強くなったのかを確認するためのものだ。それを考えると、確かにこれまでの戦いで十分だということができるだろう。

「まあ、せっかくだ。勝利宣言でもしたらどうだ？」

「え？　ですが、さっきのはむしろ私の負けなんじゃ……」

「いや、お前らの勝ちだろ。俺だって、この状況で俺は負けてねえ、なんていうほどひねくれてねえつもりだぞ。だからこそ〝負けた〟って口にしたんだ」

浩介としては勝ちたいと思っていたし、そのつもりで戦っていた。だが、最後こそ微妙な結果になったが、もし先ほどの雷がなく、あのまま戦っていたとしても、浩介が勝てたのかというと怪しいところではあった。

確かにうまくいけば瑞樹は落とすことができたかもしれない。だが、そこまでだ。それ以降は他のメンバーにやられておしまいだろう。そのことを理解しているからこそ、浩介は自身の負けを認めたのだった。

「えっと、それじゃあ……私達の勝ちです」

おずおずと勝利宣言を口にする瑞樹に対し、浩介はふっと笑った。

「ああ。よくやったな」

その宣言によって、今回の戦いは終わりを迎(むか)えることとなった。

エピローグ

「――よくやったな」

宮野が勝利を宣言しても、宣言した本人を含めて四人は喜んだ様子を見せることなく堂々とした姿を見せている。……と思ったらそんなこともないようで、宣言から数秒経ってから浅田は思いっきり笑顔になった。宮野も北原も喜ばしげに笑っているし、安倍も、ほんのり口の端を上げているか？

それだけ嬉しかったってことなんだろうし、それなりに……いや、だいぶ激しい戦闘だったからな。そうやって喜ぶのも理解できる。

「宮野。喜ぶのはいいが、そろそろ退いてくれ、止血しないと流石に死ぬ」

「え？　あ、ああ！　い、伊上さんすみません！　え、えっと……そう、柚子！　お願い！」

「う、うん！」

「あんた、また腕とれたの？　この間治したばっかじゃん」

「着脱式？」

「んなわけあってたまるか」

腕がとれたって言っても、今回は前回とは逆の左腕だ。まあ、バランスが取れていいんじゃねえのか？　なんてな。

しっかし、負けちまったか……。

「……あー、もうちっとうまくやるつもりだったんだけどな。これじゃあ俺がいる意味ねえんじゃねえのか？」

随分と成長したもんだ。負けると分かっていたが、結局一人も落とすことができずに負けることになるとはな……。しかもこんな大怪我まで負って……。

「それ、本気で言ってます？　私達、自分で言うのもなんですけど、仮にも『勇者一行』ですよ？　それなのにこんなに苦戦するだなんて、普通じゃあり得ないと思うんですけど」

と言ってもな……。こいつらだって本気で戦ってはいたけど、殺す気で戦ってたわけじゃないからな。そこかしこに甘さが見られた。本当の殺し合いだったら俺は死んでただろう。

……でもまあ、訓練とはいえ勇者とここまで戦えたんだ。俺もなかなかやるんだって、少しくらいは自信を持ってもいいのかね？

「っていうかあたしに関して言えば倒されたも同然でしょ。実際ちょっとだけ意識消えかけてたし」

「意識があろうとなかろうと、トドメを刺すアクションはできなかっただろ。だったら殺されたことにはならないんだから、判定としては倒されてないことになると思うぞ。実際、お前だってそんなこと言ってたじゃねえか」

「それはそうだけど……あれは意地っていうか、その……ね？」

「私の魔法も役に立ってなかった」

「そんなことないだろ。お前の魔法で何度俺の行動が邪魔されたことか。それは北原も同じだけどな。結界もスリングショットも、大分うざかったな」

「それは、えっと、ありがとうございます……？」

「うざいは褒め言葉だった？」

俺の中では戦闘における評価で『うざい』は褒め言葉だよ。

「そ、それで、あの、怪我は大丈夫ですか？」

「ん。あー……ありがとな。これで腕を生やしてもらうのは二度目になるか」

全身切り傷だらけ打ち身だらけの左腕がなかった状態で、尚且つ疲労が溜まりすぎてもう動きたくねえって感じだったが、それら全部が綺麗さっぱり治ってしまっている。流石に疲労感の全てが消えたわけではないし、魔力も空っぽのままだが、手足はちゃんと動く

し、意識もはっきりしている。どうせ後で病院に行くことになるだろうけど、この分だと
なんの問題もないだろうと思う。

「いえ……その、まだダメなところがあったら、教えてくださいね……？」

「ああ。お前だって疲れてるだろうに、悪いな。助かった」

そうして腕の状態を確認するために動かしていると、不意に安倍が問いかけてきた。

「……ん？　コースケ、腕治ってる？」

「は？　そりゃあ治るだろ。治してもらったんだし」

「違う。そうじゃなくて腕の古傷。消えてる」

「なに？　……まじか。なんで……いや、腕ごと治したからか」

安倍に言われて腕をよく観察してみると、確かに以前はあったはずの傷跡が消えていた。

「なにがどうしたわけ？」

「あー、俺の左腕に古傷あったろ？　それが消えたんだよ」

ほれ、と言いながら新しく生えた左腕を浅田達へと見せる。

「一度左腕を完全に失った上での再生だから、でしょうか？」

「まあ、だろうな。っつーかそれ以外に考えられん」

今まで腕の傷が治らなかったのは、半端な治癒を受けて治りきらない状態で定着してし

まったからだ。治すには一度その治療を受けた部分を抉り取って丁寧に治していく必要があったんだが、今回図らずもそれと同じようなことになったみたいだな。

「良いじゃん。傷なんてない方がいいっしょ。治ったんだからオッケーじゃん」

「あれは戒めっつーか、弱さの証っつーか……自分の未熟さや弱さを忘れないようにするためにちょうどよかったんだが……」

あの傷は俺の弱さの証だった。あの傷跡を見ることで、俺は弱いんだと、油断なんてするなと自分に言い聞かせることができていたんだが、無くなったか。

「傷が治ったのはいいことなんだろうが……なんとも落ち着かないな」

あんな傷なんてない方がいいとは思っていたが、いざなくなると、なんとも物足りなさを感じるな。

「なら、これからは新しい道を進めってことじゃないですか？」

「……ああ？」

まじまじと傷跡がなくなった以外はなにも変わらない左腕を見ていると、宮野が突然そんなことを言ってきた。新しい道をって……どういうことだ？

「伊上さんはいつも自分は弱いんだ、って言ってますよね。でも実際はそう弱いわけではないじゃないですか。弱さの証だった傷跡が消えたのは、もっと自信を持っていいんだという意思というか神様のお告げというか、そういうのじゃないですか？」

もっと自信を持っていい。そう言われてもその言葉をすぐには理解することができず、何度か瞬き（まばた）をしてしまった。

「意思って……誰（だれ）のだよ？」

「え？　えーっと……私達？」

「なんだよそれ。お前達が願ったからこの傷が消えたって？　は……」

こいつらが願ったから腕の傷がなくなる結果になった、なんてふうに思うことはできない。

あるいは、神様のお告げっつったか？　もしこれが本当に神様の意思だってんなら、随分とお節介（せっかい）な神様だな、そいつは。

だが……新しい道をすすめ、か。

「まあなんだっていいじゃん。傷が消えたのは事実でしょ。だったら、心機一転新しい感じのあんたでやってけばいいじゃん」

「傷がない方が男前」

「腕の傷なんだから、見た目は大して変わんねえだろ」

自分の生き方を変えろと簡単に言ってくる浅田にも、これまでの思いを否定するかのようにもとれることを言う安倍にも、普通だったら文句の一つでも言いたくなるところだろう。が、なぜかそうは思えず、いつも通り気楽に話し、笑うことができた。

「……でもまあ、そうだな。どうやら俺もそれなりに戦えるみたいだし、ちったあ気持ちを入れ替えるかね」

「そ、それなりどころじゃないと思いますけど……」

　何言ってんだ北原。それなりさ。なにせ、結局はお前らに負けたんだからな。

「て言ってもさー。どうせあんたこれからもあたしらと一緒にいるんでしょ？　気持ちを入れ替えたとこで、なんも変わんないよねー」

「まあ、そうだな。正直なところ、教える側に負けた奴がなにを教えるんだって思わなくもないが、少なくとも、お前達が卒業するまでは一緒にいてやるよ。俺の方が弱いって言っても、まるっきり教えることがないわけでもないしな」

　今回の戦いで分かったが、宮野達はやはり対人戦に関してはまだまだ未熟だ。他にも足りないところはあるだろう。冒険者にとって一番大事なモンスター退治と探索の部分は教えたが、まだ完璧な冒険者には遠い。

「大丈夫です。伊上さんはちゃんと強いですから」

「そうそう。っていうかそこらの一級とか特級には負けないでしょあんた」

「前回の特級よりマシ」

「前回のっていうと、戸塚さん？　う、うーん、確かに伊上さんの方が強い感じはするよね……」

戸塚か……。確かにあいつも特級ではあるし、『勇者』でもあるのだから奴に夢を見たこともある。きっと立派な勇者様なんだろうな、と。

だが現実を知ってしまえば、あれと比べられるのはなんかな……という気分になる。でも、そうか……。こう言ってくれるってことは、ちっとはかっこいいところ見せることができたって事かね？

ならまあ、もうしばらくはこいつらと共に行動してもいいだろう。俺自身こいつらと離れたいってわけでも……うん。まあ、ない。最初の頃はいつか辞めてやると思っていたが、今ではそんなことを思うことも少なくなってきた。辞めたいという思いは変わらない。だが同時に、辞めたくないという思いもあるんだ。なんとも優柔不断なことだが、仕方ない。そう思ってしまっているんだから。

だから、もう少し足掻いて、頑張ってみるとしよう。

「つっても、実際の戦闘力じゃなく肉体の性能的には俺はもう成長しねえんだ。今後も成長するお前らに、いつまでもついていけるってわけじゃねえ。そのうち俺じゃあ足手纏いになるような日が来る。その時は変に庇ったりすんなよ」

　実際問題として、俺の成長はもう止まっている。俺はもうこれ以上肉体的に成長することはないだろう。いずれはこいつらに置いていかれることが決まっている。それは俺もこいつらも理解しておかなければならない事だ。

「でもそれ、何年後の話？」

「コースケなら後五年はいける」

「なんだったら若返りの薬飲みますか？　確か、結構な値段がしたけど売ってますよね」

「でもあれ、予約が何年待ちとかじゃなかったっけ……」

「そこは伊上さんならいけるんじゃないかしら？　『上』の人達だって、できることなら伊上さんには長生きしてもらいたいはずでしょうし」

「いらねえよ。そこまでしてしがみつくほどのことでもねえだろ」

　足掻くと決めたし、もう少しこいつらといるつもりだが、そんな若返りなんて必要になるくらいの状態になったら素直に辞めるさ。

「でも、あたしらと一緒にいられるじゃん」

「女子高生と一緒にドキドキ冒険の旅」

「な、なんだかすごくダメな感じがするよ、晴華ちゃん……」

別に、女子高生と一緒にいられることで得するってわけでもねえしなぁ。まあ、こいつらと一緒にいたいのは事実ではあるのだが。

「そういうわけです、伊上さん。私達が完全にあなたを超えるその時まで、一緒にいてもらいます」

何がそういうわけなのか知らないが、お前らもう俺を超えてんだろ。今の状態でダメだってんなら、お前らが俺を超える時っていつだよ？　この調子じゃ卒業してもまだ超えてないって引き延ばされそうな気がするんだが、教導官を辞めてでも一緒にいろってか？

「私達が超えた後も一緒にいていい」

「その時なら、あんた一人くらい守ってあげられるだけの力はついてるだろうしね」

「でも、私達が成長して伊上さんを超えたって感じても、なんだか伊上さんなら勝っちゃいそうな気はするかも……？」

「いやいや、大丈夫っしょ。流石にこいつが相手でも、後もうちょいすれば一対一でも勝てるようになるって」

今の時点でも、こいつらが手心を加えず本気で俺を殺しにきたら、俺なんて即死すると思うけどな。

「……どうかしらね？　今回は四対一でもこちらが追い詰められたし、伊上さんが本気で私達を殺す気で戦っていれば、負けたんじゃないかしら？」

「今回は、準備期間がなかった」

「いや、それはそうかもだけどさぁ〜……え、本気で勝てないかな？」

浅田は俺に負ける未来でも想像したのか不安そうにしているが、この程度で悩むなよ。お前はもっと自信を持って勝てるって言っておけばいいんだよ。

なんて考えていると、宮野が一度咳払いをしてこちらに笑みを向けてきた。

「今回は突然の提案で戦うこととなりましたが、一年のまとめとなる良い訓練になりました。これまで一年ありがとうございました。そして——これからもよろしくお願いしますね、伊上さん」

「よろしく。前も言ったけど、絶対に逃さないかんね」

「なんだったら、結婚してでも離さない」

「えっと、よろしくお願いします」

こちらこそよろしくと言いたいところだが、安倍。結婚してでも離さないってなんだよ、ったく……。

「あくまでもお前達が学生の間だけでそのうち離れることになるし、結婚なんてノーサンキューだが、まあ、しばらくはよろしくな」

こうして堂々と向き合って「よろしく」なんて言い合うのは、なんとも言えぬ気恥ずかしさを感じはするが、まあ……こういうのも悪くはないか。
俺は最低ランクの冒険者ではあるが、こいつらを立派な『勇者』にするために、もう少し教導官として頑張るとするかね。

To be continued……?

あとがき

まず初めに、本作品もこの巻でついに五冊目となりました。ここまで続けることができたのはひとえに皆様のおかげです。お買い上げいただき、そして最後までお読みいただき、ありがとうございました。


今回の巻は前回に引き続きウェブ版にはない完全書き下ろしの話となっていますが、そのためいろいろ大変なことがありました。前回も大変だったけど、今回は特にですね。その大変だったことの内、一番大変なのがこのあとがきです。

小説においては作者が自分を見せたところで意味なんてないし、語りたいことや伝えたいことがあるならそれは全て作品の中においてくるべきだと思っているので、私としては本を書き終えての感想やあとがきは蛇足でしかないと思っています。

なので、最後に何かって言われても、何を書いたらいいのかわからないんですよね……。

大変なことの二つ目がプロット作成です。この話は書き下ろしなので、担当の編集さんと打ち合わせの時にプロットを作る必要がありました。そのプロット作りが辛くて仕方なかったですね。

私は物語を書く時、大まかな話の流れを決めたらあとはその流れに沿うようにとだけ考えて、他には何も考えず書いていきます。書いているうちに話が思い浮かびそのまま書き連ねていく感じで話を作っているので、最初から順序立てて考えていくのが苦手なんです。ちゃんと流れに沿うようにプロットを作ろうとして物語を考えようとすると何も思い浮かばないし、思い浮かんでメモしておいても、次にメモを見返した時は何を思い描いてそのメモを書いたのか全く思い出せないんです。なので一気に書いてしまうしかないのですが、多分考えをまとめるのが下手くそなのと、記憶力の問題なんでしょうね。

担当の編集さんにプロットを送る時も、これじゃあまずいよなと思いながらめちゃくちゃざっくりとしたプロットを送りました。

書かれてる内容が少なすぎて悪いかなとは思ったけど、あれ以上書けなかったんです。いや、書こうと思えば書けましたけど、そうすると文字数がめちゃくちゃ増えてしまい普通に本文を送るのと変わらないような内容になっていたと思うので、ざっくりした超簡単なものしか送れませんでした。許して……。

色々と大変ではあったけど、もちろん良かったこともあります。

ウェブ版ではめんどくさくて大幅カットしたために書かなかった場面を改めて書き直すことができたので、楽しかったですね。良かったことは……それくらいかな？

まあ新しく書き直すのが楽しかったのでよし！


そんな感じで、いいことや辛いこともありながら書いた勇者少女第五巻ですが、いかがだったでしょうか？　書籍版ということでウェブ版とは違う話の運びとなりましたが、楽しんでいただけたのであれば幸いです。

なんでここで師弟対決みたいな内容になったのかというと、いやらしい話ですが売り上げ的な問題の影響ですね。売り上げ次第では六巻が出ないかもしれないので、ここで終わってもいい感じになるように、ということでこうなりました。

まあ、別に無理して捻り出した内容ではなく、終わるかもと言われて、じゃあこうしようとすんなり出てきた話なので、これはこれでいい話だと思っています。

が、それはそれとして次の巻も出したいので知人友人に宣伝をお願いします！

ああ、それと宣伝するための要素として勇者少女の漫画があります。多分この五巻が出るのと同時期くらいに漫画の一巻が出るんじゃないかな？ なのでそっちもよろしくお願いします！ 書き下ろしの小説もちょっとだけあるので読んで楽しんでいただければと思います。

最後に、本作を出すにあたって尽力してくださった絵師の桑島さん、担当さん、校閲さん、その他の皆様も誠にありがとうございました。本書を出すことができたのは皆様のおかげです。

そして、本書をお買い上げくださり、ここまでお付き合いいただいた皆様もありがとうございました。

また次の巻が出るかどうかはわかりませんが、もし次の巻が出ることがあれば、そちらもお読みいただけると幸いです。

本巻が最後でないと願いつつ、今回はこの辺りで締めとさせていただきます。

改めて、本書に関わった皆様ありがとうございました。

最低ランクの冒険者、勇者少女を育てる 5

～俺って数合わせのおっさんじゃなかったか？～

2024年1月1日　初版発行

著者――農民ヤズー

発行者―松下大介
発行所―株式会社ホビージャパン

〒151-0053
東京都渋谷区代々木2-15-8
電話　03(5304)7604（編集）
　　　03(5304)9112（営業）

印刷所――大日本印刷株式会社

装丁――小沼早苗（Gibbon）／株式会社エストール

Printed in Japan

ISBN978-4-7986-3385-5　C0193

ファンレター、作品のご感想お待ちしております

〒151－0053　東京都渋谷区代々木2－15－8
(株)ホビージャパン HJ文庫編集部 気付
農民ヤズー 先生／桑島黎音 先生